座无虚席

经典和大师的昼与夜

韩浩月 —著

中国出版集团 现代出版社

图书在版编目（CIP）数据

座无虚席：经典和大师的昼与夜 / 韩浩月著 . -- 北京：现代出版社，2020.6

ISBN 978-7-5143-8534-2

Ⅰ . ①座… Ⅱ . ①韩… Ⅲ . ①随笔—作品集—中国—当代 Ⅳ . ① I267.1

中国版本图书馆 CIP 数据核字 (2020) 第 069721 号

座无虚席：经典和大师的昼与夜

作　　者：韩浩月
责任编辑：张　霆　姚冬霞
出版发行：现代出版社
通信地址：北京市安定门外安华里 504 号
邮政编码：100011
电　　话：010-64267325　64245264（传真）
网　　址：www.1980xd.com
电子邮箱：xiandai@vip.sina.com
印　　刷：三河市国英印务有限公司

开　　本：880mm×1230mm　1/32
印　　张：7.75　　　　　字　　数：200 千
版　　次：2020 年 6 月第 1 版　　印　　次：2020 年 6 月第 1 次印刷
书　　号：ISBN 978-7-5143-8534-2
定　　价：39.80 元

目　　录
CONTENTS

第二辑 · 心灵史 / 071

第一辑

告别信

奈保尔
为何狂暴而迷人

英国印度裔作家、诺贝尔文学奖获得者奈保尔，2018 年 8 月 11 日去世了——按照他生前的遗愿，除了少部分骨灰撒一点在英格兰威尔特郡，大部分骨灰将由后人带到印度。在印度恒河、亚穆纳河、萨拉索沃蒂河这三河交汇处，将迎来这位特殊的"客人"。

也有可能，奈保尔的骨灰会被暂时留在家中，等待着现任妻子纳迪拉百年之后，一同出发前往印度。在奈保尔被装进骨灰盒之前，被他视为儿子一般的猫，已经被放置在他卧室中的一个骨灰盒里很长时间了。奈保尔想要与他爱的女人、爱的猫永远在一起，这是多么传统而又感人的故事。只是，这个故事也很容易令人想起奈保尔的第一任妻子帕特、第二任妻子玛格丽特。

在读者心目中，有两个奈保尔。一个是写出《米格尔街》《印度三部曲》《神秘的按摩师》《自由国度》等力作的文学大师，一个是性格狂暴、行为粗鄙、刻薄挑剔的"恶棍"。

他这一生，除了作家的辉煌名头，剩下的称谓恐怕都上不了台面，如"渣男""嫖客""虐待狂""势利小人""白人殖民主义和帝国主义的辩护者"……如果不分开看待奈保尔的文学成就与私人形象，那么，喜欢他与研究他的读者，难免会被分裂感缠绕。

奈保尔的个性养成，与他的出身、文化环境、生活遭遇紧密相连。出生于殖民地的他，在成名之前一直饱受身份困扰，印度婆罗门后裔家庭以及肤色，给青少年时期的奈保尔带来了一生难以摆脱的噩梦。这种困扰体现在作品里，就是他长期对印度进行毫不留情的嘲讽与精准犀利的批评。

当然，从文学层面看，这种嘲讽与批评已经超越了狭隘的感情报复，闪烁着思想的魅力。要承认，故乡的痛苦滋养了奈保尔的文学心灵，在深入挖掘与勇敢呈现自己对故土的复杂情感方面，很少有人能做到像奈保尔这样坦白。

这种困扰体现在情感上，就是孤独、焦虑、不安，尽管帕特、玛格丽特以不同的方式给了他巨大的帮助与安慰，但奈保尔仍然像是个无家可归的孤儿，只有通过对身边的女人永不停歇地索取、压榨、虐待，才能获得一些暂时的安全感。

奈保尔对亲密关系手足无措，看电影时只要银幕上出现亲密镜头，他都会低头逃避。但奈保尔同时又对亲密关系极度依赖，在创作进入低迷期时，他祈求帕特的陪伴，只有帕特在身边，他的写作才得以进行下去。

而在与玛格丽特一起生活时，奈保尔经常把她打得鼻青脸肿，乃至于施暴的手都受伤了。通过暴力建立的亲密关系，疏解了奈保尔的慌张与虚弱。

但在帕特和玛格丽特眼里，奈保尔又是迷人的。奈保尔令人着迷的地方，当然不是他的身体、相貌与后期暴得的财富，而是他仿佛永远也挖掘不尽的才华。文学创作成为奈保尔唯一的救赎之道。

依靠文学改变命运成为他唯一的路径依赖，这一点，无论是他在牛津大学求学期间，还是与帕特在英国结婚之后，以及四处游历获得创作素材时，他都深刻地明白。在诺贝尔奖颁奖典礼上脱口而出"感谢妓女"而轰动全世界的人，就是他。但在各大媒体以此为标题进行整版报道后，人们还是接受了他的"坦诚"。

是的，在奈保尔那里，"坦诚"是一种可供交换的价码，这也构成了他"迷人"的一部分。他将名声置之度外，把所有美好的、丑恶的、真实的、虚假的、善良的、卑鄙的想法公之于众，他坦然承认他要以此获得创作的密码，展示一名作家的良知。

在为传记作家提供的资料中，奈保尔毫无保留，所有隐私记录全部提供。对于传记作家写出的作品，奈保尔亦无条件接受，一字不改。抛开奈保尔的人品，单从作家的立场上考量，在曝晒自己心灵方面，奈保尔的确是少有的向卢梭看齐的作家之一。

晚年的奈保尔是"迷人"的。"狂暴"的奈保尔已经在他的身体里死去，年迈的躯体促使他必须沉静、温柔，因为他已经失去了对这个世界颐指气使的力量。

在现任妻子的霸道管理之下，奈保尔开始偿还大半生对女人欠下的债。中国作家麦家在接待奈保尔的过程中，也表示不太相信那些有关奈保尔的传言，出现在麦家眼前的，是一个"慈父"般的老人。可惜留给奈保尔"迷人"的时间彻底没有了。

作为故乡的敌人、印度的"背叛者"，奈保尔选择死后把骨灰撒在故土的河流之中，这是他表达的一种和解方式。故事在此开始，也在此结束。如果有来生，奈保尔也一定会选择在印度出生，因为只有在那里，他的身上才会烙满如此清晰的苦难与荣耀。

迈克尔·杰克逊
用死亡换回做一个普通人的权利

迈克尔·杰克逊去世的消息，2009 年 6 月 26 日出现在中国互联网上后，所引发的震动延续数天，关于他的新闻连续几天占着几家商业网站的几条位置。中国歌迷和全世界歌迷一样，共同哀悼巨星的陨落。

有评论称没有想到迈克尔·杰克逊在中国的影响如此之大，而如果了解到他曾经打开了中国人认识世界的窗口，你便明白为什么有从六○后到九○后，遍布各个年龄层的歌迷，会在他去世后，真诚地悼念这位当时伴随各种流行风潮一起涌进国内的人物。在见多了名人、明星之死成为短暂快速的一次性消费行为之后，迈克尔·杰克逊唤醒了人们对一位天才离去后发自内心的惋惜。

升温中的纪念杰克逊的热潮，不可避免地也有一些娱乐化的倾向，但与那些在世界范围内形成的主流声音相比，这股娱乐化的力量显得如此弱小。

"杰克逊是乐坛殿堂级的人物"，"他的音乐一直会活下去直到永远"，"我们失去的不仅是一位流行音乐界的天才与大师，而是所有音乐的天才与大师"，"杰克逊是我生命中的缪斯"……这些分别来自奥巴马、麦当娜、贾斯汀、布兰妮等政界、娱乐界人士的高度评价，和普通歌迷对杰克逊的评论形成了高度的对应。

杰克逊不是用死亡抹去了世间对他曾经有过的非议，而是以死亡验证了他对世界音乐的重要性，用死亡换回了舆论将他还原为一个普通人看待的权利。

杰克逊是最能诠释"音乐无国界"的国际巨星，他的专辑拥有全球七亿五千万张的销量，这大约是个永远不会被打破的纪录。在各种文化纷纷创造着属于自己的明星的时代，在"国际巨星"的帽子可以随便戴在某一娱乐人物头上的时代，他的去世，意味着音乐大师辈出的时代落下了帷幕。

他对后世最大的启发是，音乐是天才的产物，而只有懂得用好自己的天才做更多的事情，才能让自己的艺术生命变得伟大而永恒。在这方面，杰克逊交了一个可以打高分的答卷。

人们如此怀念杰克逊，不仅是感谢他为流行音乐奉献了标杆式的作品，更是因为他通过音乐体现出了他对这个世界的爱与友好。他作品中的颓废与绝望、愤怒和失落，并不足以代表他的全部，他为呼吁种族平等、世界和平以及为慈善事业所创作的歌曲，一样投入了他真挚的情感。

正因为在创作上多面化，杰克逊才会赢得了不同国别、不同人群的人们的喜爱。而他生前一人独撑三十九家慈善基金会，一生为慈善事业捐款达三亿美元的事实，也频频为人们所提起。要知道，在为这些慈善基金会提供资金的许多年里，他要应对债务危机、豪宅面临被拍卖等诸多困扰。

音乐没有国界，爱与友好没有国界，在世界和平、共同发展成为今日世界的主流声音时，杰克逊在多年来一直用他的音乐和行为，身体力行地做着这两项事业，他的离世，是音乐界的损失，也是更多对这个世界怀有美好向往的人们的损失。

他将灵魂注入歌声里，这些饱含情感的歌永垂不朽。

斯坦·李
不会消失的漫威宇宙与英雄主义

青少年时代曾为报纸写过一段时间讣闻的斯坦·李，于美国时间2018年11月12日去世。这位九十五岁时还打赢了与自家律师、女儿敲诈与虐待自己官司的老头儿，重回漫威的愿望落空。一纸写给他的讣闻，宣告漫威宇宙的缔造者与世长辞。

年轻网民对于其他出生于20世纪20年代的名人去世无动于衷，似乎可以理解，因为找不到实实在在的情感联系，但对斯坦·李不一样。他客串演出的《毒液》正在影院公映，这强化了影迷的失落感，作为漫威百分之九十以上知名角色的缔造者，斯坦·李无疑在这个虚构英雄世界的现实倒影里饰演着大家长的身份。这么多年来，影迷一代代更迭，但斯坦·李创造的人物，从未让年轻人感到有距离感。

《神奇四侠》《美国队长》《蜘蛛侠》《钢铁侠》《绿巨人》《雷神托尔》《X战警》《奇异博士》《超胆侠》……西方的斯坦·李像东方的金庸一样，用大胆的想象与旺盛的创作欲，为人们提供了富有长久生命力的人物形象与故事。用"功夫高手"这种东方式的表达来形容斯坦·李，一点也不为过。浏览他编剧与客串演出的片单，一长串的作品名字居然无一陌生，斯坦·李有此成绩，足以笑傲天堂。

一个人影响一个国家，斯坦·李之于美国人的重要性毋庸置疑。与政客对于美国人的影响不一样，斯坦·李给美国人带来的文化影响非常深远。

他组成的超级英雄矩阵，为每个美国人寻找自己的英雄化身，都提供了充裕的选择空间。而美式超级英雄片在世界范围内受欢迎，除了所谓的文化输出，更是因为这些电影为打破平庸的生活提供了一个门槛很低的入口，也给人类日渐乏味的想象力世界，提供着日常娱乐同时也有效的刺激。

漫威宇宙已经是一个可以自由组合、自我衍生的创作体系，这个体系的形成，与斯坦·李早期的创作设计有关，也与一代代年轻人的精神需求有关。漫威系列主要给年轻人提供两种感受，一是浪漫，二是勇敢，以及两者相互触碰与集合产生的英雄主义情结。

漫威世界为年轻人提供了一个可以躲避现实世界的庇护，也为年轻人走出自我封闭走向现实世界提供了力量支持，斯坦·李的创作秘诀亦在这里。无论笔下人物如何千变万化，都没有摆脱斯坦·李竭力想要摆脱命运、掌控命运、创作奇迹的个体经历模式。

像斯坦·李这样的人物，在一个国家不可能出现太多，其实只要有一两位顶尖人物就已经足够。他们的深入人心，并非受所谓使命感驱使，而是被热爱驱动、被热情燃烧的结果。

在凭空的创造中，设计一个体系，填充不同的角色，赋予各异的情感，标榜共同的价值观，这本身就是对理想社会的一种虚拟构建。这个理想社会，一方面折射了现实社会的不堪，另一方面又以一种奇妙的形式融入现实社会，于无形中丰富着人们的精神与思考方式，超凡想象与平凡现实的无缝结合，最终会成为一种文化之美。

斯坦·李去了天堂，但以他为主创造的漫威宇宙，不会因此受到影响而停止分蘖生长。相信会有人继承他开创的事业，把英雄主义继续下去。在危机感从来都不会消失的世界，唯有英雄主义能陪伴人们度过漫漫长夜。

贝托鲁奇
他一生都在用电影写诗

意大利著名导演贝托鲁奇，于 2018 年 11 月 26 日去世，终年七十七岁。

对于中国观众来说，贝纳尔多·贝托鲁奇这个名字被紧紧地与《末代皇帝》捆绑在一起，这是一件很神奇的事情，一名意大利导演来到中国，拍摄了一部皇帝的故事，不但成为中国影迷心目中最有名的外国导演之一，还凭此获得了他电影生涯最辉煌的成绩，《末代皇帝》帮他在美、英、日、法、意等国家，夺得了包括第六十届奥斯卡最佳导演在内的诸多重要奖项。

贝托鲁奇要感谢中国的改革开放，只有这个理由可以解释为何他能获取在紫禁城进行实景拍摄的权利。有段视频记录了贝托鲁奇于 1986 年拍摄《末代皇帝》时的情形：他坐着车去往片场，紫禁城的上空飘荡着他通过扩音器传出的有关"清场""开拍"的声音，在表达他对溥仪的理解时，他说，这个三岁登基的孩子，他长大后内心最为震撼的记忆，肯定是看到数千成年人跪拜在他脚下。

中国观众喜欢《末代皇帝》，是因为贝托鲁奇的西式表达与这个东方故事完美地融合在了一起，影片开始时，溥仪走进满洲里火车站卫生间割腕自杀，将双手浸在洗手池水里的画面，就注定了这是个真实、残忍同时又追求客观与平等表达的故事。一直到今天，我们的皇宫戏都没法解决视角上的现代性，尽管贝托鲁奇在三十二年前就做好了典范。

除了《末代皇帝》，贝托鲁奇在中国最具知名度的另外一部电影是《戏梦巴黎》。《戏梦巴黎》于2004年2月在法国首映，借助当时最为流行的DVD介质，这部影片成为无数文艺青年心目中的必看片。

《戏梦巴黎》洋溢着浪漫主义的明亮色调与时尚气息，讲述的却是与乱伦、情欲有关的暧昧故事。西方媒体评价该片是贝托鲁奇写给巴黎的一封情书，这个评价其实并不准确，贝托鲁奇无意向任何城市致敬，他的电影，似乎永远都是在满足他的写诗愿望，用非常个人化的表达，来诉说他对情色、情感、家庭、社会、政治的观点。

贝托鲁奇的父亲是诗人、电影评论家，受父亲影响，年轻的贝托鲁奇早早地便出版了自己的诗集，在遇到皮埃尔·保罗·帕索里尼（《索多玛120天》导演）之后，便开始了自己的编剧与导演生涯。

帕索里尼对贝托鲁奇的影响很深，由此不难给出定论，贝托鲁奇在他的影片《革命前夕》《爱情与愤怒》《蜘蛛的策略》《同流者》《巴黎最后的探戈》《偷香》等片中，对虐恋、谋杀等元素的迷恋，是有着师承的。说起来，《末代皇帝》算是贝托鲁奇最严肃、正经的作品，但即便如此，还是有很多观众从中看到了弑父情结的痕迹，溥仪这个人物被解读为遭到阉割、沦为傀儡、无能的"父权形象"。

如果了解贝托鲁奇与父亲的关系，或能解读为何他的影片中总有对"父权"的反抗。《蜘蛛的策略》中原著小说的祖父身份被更改为父亲，《同流者》中学生要杀掉他的哲学老师，《巴黎最后的探戈》中女主角枪杀可以做她父亲的男主角……故事里的受害者总是带有"父亲"的象征，使得观众对于贝托鲁奇的精神世界充满好奇。他是要反抗对他影响太深的两位精神教父帕索里尼（另一位是戈达尔），还是要借助电影摆脱父亲带给他的童年阴影？这个问题的答案，贝托鲁奇在世时或多或少都做过回应，但藏在更深邃处的秘密，恐怕已经被他彻底带走。

《一个可笑人物的悲剧》中，父亲拯救被绑架的儿子，《偷香》中，女儿寻找生父，这两部影片的故事，或能表达出贝托鲁奇在父亲问题上的摇摆不定。但他的父亲已经彻底看穿了他，父亲有一句话，算是对"知子莫若父"的最好见证，他说："孩子，你很聪明，你杀了我很多次，但你却不用蹲监狱。"

贝托鲁奇的一生都在用电影写诗，因为单纯的诗歌文字，容纳不了他那或压抑，或张狂，或沉闷，或痛苦的情感。与他影片多拥有令人不安的主题相反的是，贝托鲁奇的作品在观赏性上拥有近乎神奇的吸引力，他镜头里的人物总是极致化的，他擅长在相对狭小的空间里，展开宏大的主旨叙事，他与故事之间保持着冷静的距离，却时时能让观众感受到他激情的火花。

着迷于在"性与政治"之间制造冲突，使得贝托鲁奇的电影，成为通常意义上的小众文艺片。比起他作品里永远飘忽不定的性爱迷局与政治指向，寻找贝托鲁奇影片里的诗意，或是理解他创作真实一面的捷径。

贝托鲁奇去世后，继承他的风格拍摄类似题材的创作者会前赴后继，但后来者恐怕很难像他那样，在大胆与含蓄之间，在诗意与晦涩之间，做到如此坦然了。

阿巴斯
一生只拍好电影

　　2016 年 7 月 5 日上午，贾樟柯在微博爆出与刚去世不久的伊朗名导阿巴斯的合照，并配文："走好，阿巴斯！"贾樟柯贴出的合照为 2011 年戛纳电影节上两人的合影，当时贾樟柯执导的《海上传偶》首映，阿巴斯也现身庆功派对。网友也纷纷留言悼念。

　　从来没在国内院线看到过他的电影，但在他去世之后，还是有不少媒体与影迷对他进行怀念，他是阿巴斯·基亚罗斯塔米，一位伊朗导演，是一位享誉世界的电影工作者。

　　阿巴斯最具知名度的作品是 1997 年帮他收获一座金棕榈奖杯的《樱桃的滋味》，这部用平淡无奇的对话来讲述自杀话题的电影，被认为是文艺电影的教科书。但纵观被影迷频繁提到的影片，如《让风带着我起飞》《何处是我朋友的家》《橄榄树下的情人》等，无不是文艺片里的翘楚，他一生所拍摄过的电影片单，更是从头文艺到尾。由此不难理解，这位伊朗导演在中国的影迷，是一个怎样的群体。

　　阿巴斯去世在中国社交媒体上引起的所谓"刷屏"，其实也只能算作影迷圈子内的闭环传播，和商业大片导演享有广泛知名度不一样，阿巴斯只能算一位在小众群体内享有盛誉的导演，或正因为如此，一些只看过少许他电影的人，也愿意在此刻分享有关他的评论和相关信息，不可避免地，阿巴斯的去世又使得他成为一个标签，被用来划分商业与文艺、通俗与高雅的界限。

这么说并无任何别的意思，事实上，恰恰是阿巴斯的刷屏，能够引起人们对电影本质又一次深深的思索，在商业片大行其道、文艺片艰难生存的时代，阿巴斯和他的电影片单，是一个沉默但又强大有力的声明。他和他的电影，在坚守着或者放大着电影这一文化产品的精神价值，电影的深沉主题、深邃立意，以及电影所带来的心灵冲击、生命体悟，是不可以划归为"娱乐"功能的。

电影的最大功用是帮助人们打发时间、用于社交，没有太高"娱乐"功能的电影甚至会被极端者批评为"罪该万死"，但如果不是阿巴斯这样的电影人，坚持把电影当成一种宗教来信仰，电影的魅力就会大打折扣。

阿巴斯曾是一名孤独症患者，他在讲述自己的童年时，说到过自己在小学时，没跟任何人说过话，包括向同学开口借一块橡皮的话也没说过，但这无损他拥有一个完整、丰富的精神世界，他的强大属于精神层面的强大，属于表达能力方面的强大，他用细致、从容的心灵感受着世界，并把自己内心细腻的图景，一帧帧地呈现于银幕之上。

有人晒出了阿巴斯的摄影作品，道路与树木，是最常见的两个主题，其摄影作品所传递出的静谧，十分令人震撼。如果作品是一个人的气质外延，那么只能这么形容：阿巴斯已经把自己牢牢地烙进了他所有的作品里。

2017 年传闻阿巴斯将有一部饱含中国元素的电影《杭州之恋》完成，现在《杭州之恋》已经看不到了，阿巴斯一生留下了十五部长片和十一部短片，不算高产，但多属优质，这位一生只拍好电影的导演，将会被长久地记得，永远地怀念。

秀兰·邓波儿
是美国梦也是中国梦

美国时间 2014 年 2 月 10 日，秀兰·邓波儿在其旧金山附近的家中辞世。享年八十五岁的她，给人们留下一张永远充满童真的容颜，她塑造的艺术形象，就此永远定格。

第二天的中国社交媒体上，有关秀兰·邓波儿辞世的消息并没有进入热点话题排行，冷寂的程度和邓波儿曾经在国内的家喻户晓不甚匹配。这大概与社交媒体用户多为年轻人有关，邓波儿对他们而言，可能已经是一个陌生的名字。

邓波儿成名于 20 世纪 30 年代。1934 年，她出演了自己的首部电影，那是一部爱国歌舞片，名字叫"起立欢呼"，受该片成功鼓舞，为她量身打造的电影《亮眼睛》于同年制作推出。她最辉煌的时期就是她出道的头两年，在这两年时间里，她出演了《新群芳大会》《小安琪》《小情人》等八部影片。

1934 年的中国，日本正在加快侵华步伐，蒋介石忙于集中精力"剿共"，红军开始长征，整个社会笼罩在灰暗的格调下。但即便如此，西方娱乐风潮还是不断地影响到东方，作家流沙河在他的著作《老成都》

中写到，20世纪40年代成都新亚烟厂曾以邓波儿头像为商标的香烟产品，名字为"小红玲"，他认为"小红玲"乃"小红伶"之误。由此可见，这名红遍全球的小演员的辐射度有多强大。

当时的战乱中国，根本无法像今天这样，可以让诸多国外明星借助歌舞升平的氛围大红特红。而在邓波儿出道的那年，美国也好不到哪儿去，一场经济大危机进入了尾声，沮丧与无望情绪困扰着美国人，而正是这样的时机，创造了邓波儿走红的环境。一个乖巧精致的女孩儿，一个能歌善舞的女孩儿，一个笑起来能让人开心、哭起来令人心碎的女孩儿，让走出异常浩劫的美国人内心得到了抚慰，没有什么把爱与希望寄托在一个小女孩儿的身上成本更低、回报更大了。

邓波儿是美国梦的一个象征。汽车、洋房外加一条狗，是物化的美国梦。而以精神气质体现的美国梦，更多的是战胜困难所得到的胜利感，以及追求日常生活的快乐感。

一个小小的邓波儿，身上拴系着美国人对新生活的渴望，邓波儿是全体美国人的小女儿，大人要为她创造好的物质财富与生活环境，孩子需要这样一个童年玩伴，由于是女孩身份，邓波儿更具有了凝聚家庭成员亲情的功效。

在长夜漫漫的20世纪30年代，有多少美国人谈论着邓波儿入眠，在梦中，他们也拥有了这样一个漂亮的女儿，并且能够让她在一个富足的家庭中幸福地成长。

邓波儿何尝不是"中国梦"追求的一个符号。过去虽然没有"中国梦"的提法，但对于美式家庭生活的朦胧向往和简单模仿，已经开始萌芽。邓波儿在中国真正拥有大众知名度，是20世纪80年代中央电视台开始播出她的系列电影，众所周知，央视开始密集播出一个人的作品意味着什么，借助那个年代央视强大而独一无二的传播力度，邓波儿走进千家万户。

央视之所以连续播出邓波儿的电影，或与此前她以美国外交官的身份到访中国有关。对于中国观众而言，邓波儿绝不仅仅是一个漂亮好看的童星，人们热衷于谈论她，是因为她为中国人含蓄地了解美国生活、美国家庭，提供了一个很好的入口。邓波儿的电影展示了美国中产阶级的面貌，电影中的一切，都让对新鲜事物充满好奇的中国观众感到动心。

在今天，我们已经能够自由地去讨论美国，去谈他们的政治制度、价值观、生活方式、娱乐产品等，对美国不再感到神秘而陌生，是因为中国经济繁荣使得人们有能力去拥抱公认的美好事物。这一切在20世纪80年代是不可想象的，因此那时的邓波儿所起到的作用，更像是一个推开窗户的使者，人们对她的喜爱，是带有窥视欲的，大家是在通过邓波儿向她的家乡张望。

谢小鱼、金铭、郝邵文……每当一位中国童星出现的时候，都不免令人想到邓波儿。邓波儿所赋予"童星"这个词的娱乐效应和社会功用，或多或少都会被拿出来与后来的童星进行比较。但是，邓波儿是时代的幸运儿，在世界范围内，已经不可能再有童星具有她那么大的影响力。人们依然爱孩子，所以《爸爸去哪儿》的五个萌娃可以带来六亿多元票房，但不会再有邓波儿这样的童星出现。

二十二岁是娱乐明星最黄金的年龄，但在1950年，二十二岁的邓波儿宣布正式退出电影界。作为奥斯卡历史上第一个获奖的小孩儿，她如此匆匆地结束表演生涯令人遗憾，但这并不能阻挡她在电影史上熠熠闪光。令人无法遗忘的邓波儿，她曾是一代美国人的全民宝贝，也让无数中国人在她身上看到了美国式的才华、乐观以及丰富的寓意。她是永不坠落的童星。

饶宗颐
最后一位大儒

2018年2月6日凌晨，国学大师饶宗颐去世，享年一百零一岁。

提到饶宗颐，最容易想到的便是"北钱南饶""北季南饶"。这也是个有意思的对比，很显然，北边有两位，分别是钱锺书、季羡林，南边只有一位，便是饶宗颐，按照武侠里的说法，饶宗颐先生这是"以一敌二"。

钱锺书说饶宗颐是"旷世奇才"，季羡林说"我心目中的大师就是饶宗颐"，能得到钱、季两位先生如此高的评价，说一句"饶宗颐是大师中的大师并不为过"。

关于饶宗颐，还有一个至高无上的评价，不过这是个悬案，先说这句评价——"只要有饶宗颐，香港就不是文化沙漠"，有报道说这句话出自金庸之口，也有记录说这是余秋雨说的。不管是谁说的，这个评价没人质疑过，观点就禁得起推敲。

因为有了这个评价，可以顺着它思考——现在饶宗颐先生走了，香港怎么办？香港因为饶宗颐的去世，就会变成文化沙漠了？——这已经成为一个不是问题的问题，人们对于香港与香港文化的评价，并不会以饶宗颐先生在世与否为标准。事实上对于这位大师的遗忘，是共同的、一致的、无可阻挡的。

被遗忘的不仅是饶宗颐这个人，而是他钻研一生、投入全部精力留下的文化结晶。饶宗颐先生真是全才啊，罗列他涉猎的文化领域：敦煌学、甲骨学、史学、目录学、楚辞学、考古学（含金石学）、诗词、书画，会发现多数都是冷门，都是少人继承的事业。饶宗颐曾开玩笑说，在文化界他是"一个无家可归的游子"，如今游子进入天堂，他身后的背影，显得愈加孤寂。

饶宗颐去世，人们终于可以理直气壮地再次说起"国学大师"这四个字。曾几何时，一些伪大师、伪国学盛行，使得"国学大师"成为一顶有点儿尊严的人避之不及的帽子。当年有人纷纷争抢"国学大师"的帽子往自己头上戴的时候，饶宗颐既犀利又幽默地表了态，"我不是大师，我是大猪"。

有必要重复一下饶宗颐这句语录的产生背景：季羡林、任继愈两位老人去世后，一片"大师"的帽子纷纷送上，聒噪不已，有心急的媒体以"究竟谁将成为新一代的国学大师"为题展开调查，饶宗颐名列第一，紧随其后的是张其成、冯其庸、傅佩荣。

眼看着季老至死都没摘掉的帽子就要戴到自己头上，饶宗颐的一句"我不是大师，我是大猪"，有四两拨千斤的功效。将大师与大猪对应起来，充分体现了饶宗颐老人的智慧，他比任何人都能明辨出大师这个称谓在这个时代所蕴含的危机和压力，当大师被学术混子争来抢去的时候，它其实已经成为一个贬义词。

饶宗颐进一步解释道："'大师'是佛家说法，我又不是和尚，所以我不是大师。"这句简单易懂的话，十分朴素地向公众解释了"大师"

的来源以及不愿意当大师的缘由。

饶宗颐以孩童似的天真语言，将一个本来很简单的道理说得明明白白，这该让那些哭着喊着有大师情结的人羞惭不已。"大师"与"大猪"虽只有一字之差，但对比之下，境界高低立判。饶宗颐的"大猪说"也当是对持续高烧数年的"大师热"一次最有力的批评。

最近这两年，甚嚣尘上的"大师饥渴症"有所缓解，伪国学大师人人喊打。但总是有人忍不住"造大师"的冲动，比如，网友曾有这样的提问，某活跃的既能搞音乐、拍电影，又能录制脱口秀，担当综艺节目导师的人，算不算"大儒"？这简直是天大的笑话。哪儿还有大儒的产生环境？哪儿还有大儒的课堂？把一名杂家称为"大儒"，表明这个时代人们对文化的认知，已经浅薄到了令人齿冷的地步。

真正的大儒时代早就结束了，如果饶宗颐先生还活着，勉强还能说大儒潜于世，现在这最后一位大儒也走了，我们也就只能在故纸堆里怀念大儒、想象大儒了。

贝聿铭
杰出天才的成长奥秘

据美国媒体报道，建筑大师贝聿铭于 2019 年 5 月 16 日去世，享年一百零二岁。一般名人去世，评价多少总有过誉之嫌，但称贝聿铭"享誉世界""世界现代建筑最后的大师"，却无任何争议，他对世界现代建筑设计所做出的贡献有目共睹。

在社交媒体上，有人将贝聿铭形容为继李小龙之后唯一可以在世界范围内称得上真正偶像级的华裔。这个说法包含两个观点：一是贝聿铭可与李小龙比肩，二是贝聿铭是偶像。这两点都耐人寻味。

北京著名的香山饭店，在各种介绍当中最常出现于第一句的是，"香山饭店是由国际著名美籍华裔建筑设计师贝聿铭先生主持设计的"，这样的标签贴多了，许多住客走进香山饭店，首先要去感受的，便是贝聿铭的设计理念。香山饭店拥有中国式古典园林特色，在此基础上，贝聿铭做了许多现代元素的融入，将几何图形应用于门窗、走廊、花格，尤其对光线的运用，使得香山饭店拥有了园林建筑一向缺乏的明媚与舒适。

所谓偶像的说法，大概便来源于此，人们来到贝聿铭设计的建筑中，虽然大师不在身边，但大师的作品无处不在地向来客诠释着、证实着他的存在。把每一座建筑变成艺术作品，使得贝聿铭在创作上拥有了类似于功夫一样的境界，令人联想起李小龙也便在情理之中了。

华盛顿国家艺术馆东馆、卢浮宫金字塔、日本美秀美术馆、香港中银大厦、肯尼迪图书馆、摩根大楼……贝聿铭的名字与一座座重要的文化与商业地标建筑紧密地联系在一起，他拿过世界建筑界所有的重要大奖，里根总统为他颁发过奖章，他的长寿本身也成为他的创作财富，使得他的设计生涯持续六十年，留下诸多在时光磨损下仍然不减风采的代表作。

贝聿铭在西方的影响，是要大过在东方的影响的，有人好奇贝聿铭为何能征服西方，成为建筑设计界的绝对主流，除了对东西方文化的融通使得他能够超越隔阂，他的才华与教养，也被认为是赢得西方人信赖的重要原因。说白了，贝聿铭身上具备一种贵族气质，这种气质为他增加了人格魅力，创作魅力与人格魅力的结合，才造就出这位偶像级的建筑设计大师。

在《神秘的东方贵族——贝聿铭和他的家族》一书中，作者张·苇详细地叙述了吴中大家族贝氏家族的谱系与人物，书中记述，"苏州的吴门医派，在元明时期已经显现其端倪"，贝氏前人以经营中药成为苏州四大富有家族之一，后又涉及金融、颜料业，苏州著名的古典私家园林建筑狮子林，被贝聿铭的叔公贝润生于 1917 年花费巨资购得，新中国成立后，贝氏后人将园林捐献给了国家。

中国有句俗话叫"富不过三代"，而唯有贝氏家族打破了这个"魔咒"，贝氏家族已经富过了十五代，贝聿铭家族的财富与文化传承，本身就是传奇，贝聿铭是这个传奇故事的亮点却不是唯一，换言之，贝聿铭的成就，很大程度是在贝氏家族良好的内部环境影响下带来的。在纪念贝聿铭的同时，不妨回顾一下贝氏家族长期而稳定的发展，从中找寻一下杰出天才的成长奥秘。

贝聿铭八岁时，祖父曾以"全力以赴"四个字对他进行教诲，但贝聿铭的一生，并不能被简单地套用在一个励志故事当中，他整个家族的奋斗史，家族文化传承的内核，包括贝聿铭个人追求的最高境界的达成，都可以放在整个华人百年发展史大背景下进行观察与分析。我们在各个领域都需要世界级大师，但这样的人物的诞生，是需要时间与文化的积淀，才能够得以横空出世并留下深远影响的。

贝聿铭的去世让人惆怅，这种惆怅当然也包括了再难有大师诞生的失落。

鲁迅

我想和你喝一杯

2016 年 10 月 19 日，鲁迅逝世八十周年。没想到他离开我们那么久了。

我少年时对鲁迅的认识，大概是与其他孩子差不多的，无非是觉得他写了很多文章，那些文章都被形容为"匕首"，当时有一种疑惑，为什么文章会成为"匕首"？这让我想起武侠小说里的小李飞刀，于是便想当然地把鲁迅当成了武林人物，觉得他很厉害、很伟岸。

小时候读不懂鲁迅，但在行为上是他狂热的追随者，比如，那时候很多男孩儿都在课桌上刻了个"早"字，然后上课打盹儿的时候，趴在那个"早"字上睡觉。当时朦朦胧胧有点儿疑惑，鲁迅在刻完"早"字之后，会不会也趴在那个字上打瞌睡？这个念头一产生，随即就赶紧打消了，像鲁迅这种伟人，怎么可能上课打瞌睡！

在我的阅读世界，鲁迅也进入得比较晚。在我还是文学爱好者的时候，排在他前面的人名连起来有一公尺那么长。后来鲁迅著作终于闯进视野，开始大批量阅读他的杂文，《热风》《华盖集》《南腔北调集》《三闲集》《二心集》，他有其他民国文人所不具备的犀利与凛冽，或者说，他没有那个年代文人的中庸与随和，他的写作是有话直说式的，读来十分痛快，但痛快之余，也会有些隐约的担心——替他感觉到有些累，自此也就把"累"和"斗士"这个词联系在了一起。

鲁迅的散文柔和了一些，有文学之美，遣词造句间，常流露出一个男人的惆怅与温情，这是鲁迅的另一面，当他不战斗的时候，视野会转向家中的院子、墙外的大自然，思绪会进入对往事与故人的回忆。写杂文的鲁迅和写散文的鲁迅我都喜欢，对比之下，我更喜欢写散文的鲁迅，因为鲁迅写散文时，是不用佩戴全副盔甲的。

鲁迅的小说不多，无非《呐喊》《彷徨》两本小集子。所以后来人们很少用小说家来形容他。如果非得写一部长篇才算真正的作家——这个偏见能成立的话，那么鲁迅才是被大大地冤枉了，因为拥有非凡的思想和出色的表达，鲁迅是作家中的作家，是无数不敢面对现实的作家的榜样。

鲁迅的杂文，不太适宜在一段时间里集中地读，也不适宜一口气读太多，否则读者在读鲁迅的那段时间里，就会有一些情绪不对劲，忍不住想横眉冷对，这样就会显得不合群，在中国这么一个讲究社交的地方，"不合群"的评价是一种非常严重的指控。鲁迅若是活到现在，想必也不会屈尊与那些嘴巴很甜、心里很黑的人如胶似漆吧。

有段时间经常在网络上看到一个说法，某某事鲁迅若是知道，肯定会气得从坟地里爬出来。这个比喻，很好地证实了鲁迅在世时的刚直不阿。

小学生时敬畏鲁迅，人到中年了，却时常在某个时刻想和鲁迅喝一杯。和鲁迅喝酒，这太畅快了。我在影视作品中偶尔看到演员饰演的鲁迅喝酒时的样子，那是种形式感很强的喝酒，那分明是把敌人一饮而尽的气势与豪情。

在纪念鲁迅逝世八十周年的10月19日，我在朋友圈看到一篇文章，标题是"你一定不知道，你崇拜的大文豪鲁迅有多爱酒"，文章摘录了一些鲁迅日记中有关喝酒的记录，以及许广平、萧红的文章片段，但读后略略有点儿失望，鲁迅只是爱酒，但多是浅尝辄止，多希望看到有他酩酊大醉的描写。严肃的鲁迅，理性的鲁迅，在大醉后该是什么样子？我想知道。

其实我内心深处对鲁迅最真实的想法是，不渴望看到一个偶像鲁迅，也不是寻找一个导师鲁迅，而是看到一个朋友鲁迅。鲁迅活着的时候，有许多朋友，当然这些朋友当中，有不少是争议性的朋友，鲁迅未必是真把他们当朋友的。我所理解的鲁迅，是孤独的，没有朋友的，他是他那个时代的堂·吉诃德，堂·吉诃德拖朋带友，麻烦都麻烦死了，怎么去战斗？我想，鲁迅生前一定有过这样的想法：我的朋友在后世。

鲁迅在后世的朋友多吗？对于这个问题，等我想好了再回答。

老舍
一个心怀悲悯与良知的人

北京有两个著名的湖，一个叫积水潭，一个叫太平湖，这两个湖和两位著名的文化人有关，一位叫梁济，一位叫老舍。

1918 年 11 月 10 日，梁济跳入积水潭，自杀前他问儿子梁漱溟的问题，成为一句著名的遗言，"这个世界会好吗"。1966 年 8 月 24 日，老舍投身太平湖，没有留下遗言，但在此前与巴金碰面时，老舍对巴金讲了一句话，"请告诉朋友们，我没有问题"。

2016 年 8 月 24 日，也是老舍逝世五十周年。老舍有没有问题，历史早已给出答案。

毋庸讳言，老舍比他同时代的作家更具影响力，更为广泛地被怀念，更多地被讨论，是与他的离世方式有关的。

一位伟大的作家，在他的时代不能够拥有一张安静的书桌，甚至没法过上普通人的生活，最终选择一潭湖水作为生命的终结点——这桩事件巨大的悲剧性，至今仍在深深震撼着人们，并不由得继续追问，到底是怎么了？

老舍之死，是一个文人捍卫内心洁净的方式，也是他留给这个世界的一个审判。老舍已经离开五十年，但那些曾殴打过他、羞辱过他的人，仍然有不少还活着，并无忏悔。

当然，我们更愿意单纯从文学层面来纪念老舍。作为现代京味文学的开创者与奠基者，老舍写出了《四世同堂》《骆驼祥子》《正红旗下》等长篇小说，写出了《茶馆》《残雾》等数十部话剧、曲艺作品。因去世而错失 1968 年的诺贝尔文学奖，也使得他一度被认为是中国现代文学的代言人。

法国作家、诺贝尔文学奖得主勒·克莱齐奥在评价老舍说，说"我最喜欢他那种独特的伤怀之感"。但对于中国读者来说，老舍作品中最具分量的，还是那些具有嘲讽与批判意识的人物与描写。

在描写风土人情方面，老舍是大家，但只有深入他所塑造的底层人物内心，才能真正感受到老舍的悲悯与智慧。在大多数的作品里，老舍表现出与世界上所有优秀作家一致的步调：立足本土，守住底线，独立创作，拒绝妥协。

可是在今天，具有讽刺意义的是，尽管老舍仍然是语文教科书中作品入选最多的作家，但当谈论起老舍时，说得最多的已经不是他的作品，在时间长河逐渐湮没经典的时候，一位身心遍布伤痕的老舍形象却愈加清晰。

这就是我们不愿看到但不得不面对的一个现实：相比于等身的著作，一顿毒打，以及决绝的一跳，更容易让一位作家被永世铭记。

一位作家，为芸芸众生立传，让小人物活灵活现地永远生存在文学作品里——若非出于悲悯，是没法写出那么多优秀文字的；一位作家，为曾经写下过一点儿违心的文字，内心备感煎熬，在他喊出"打"和"该打"的字词时，内心的真实话语却是："这一喊哪，教我变成了另一个人！"——若非出于良知，他也不会选择"自杀"这种激烈的拒绝姿态。

纪念老舍，就是纪念一个心怀悲悯与良知的人。

悲悯与良知，是老舍那一代文化人物的共同特征，这两种质素，虽然多隐藏于内心，属于一种内在能量，但当它作用于社会时，却强大到足以影响整个社会的风气。

老舍的自杀，不是那个时代的唯一悲剧，在一份长长的自杀名单上，还有傅雷、吴晗、叶以群、翦伯赞、赵慧深、严凤英、周瘦鹃等著名文化人物的名字。自此之后，悲悯潜伏，良知黯淡，文化脉络一度气息奄奄。

如果说梁济自杀是对道德沦丧的谴责，那么老舍的自杀则是对文化沦丧的抗争。

好在，寻求内心的悲悯与良知，越是在一个现代的、追求进步的国家，越会凝聚成巨大而又有声的需求。追回内心曾经拥有而又被抛弃过的品质的过程，本身就是渴望自由呼吸和坦荡生活的有力证明。

那些投湖自尽的文化人，或会觉得湖水能够涤荡罪恶、换来清白，今天人们纪念老舍，何尝不是出于这样的愿望？

金庸
"侠"之浪漫的远去

　　2018 年 10 月 30 日，金庸去世，书迷皆痛。他是真正进入中国人精神与文化生活的作家之一，他的小说人物影响了中国人的为人处世方式与价值观。书迷怀念他，是因为在物质与精神皆匮乏的时代，他为普通大众提供了难得的陪伴作用。

　　怀念金庸的，还有无数剧迷，错过读金庸作品的人，在电视机普及的大潮中，与《射雕英雄传》《天龙八部》《雪山飞狐》《鹿鼎记》等迎面相遇。围绕电视剧产生的经典主题曲，以及被金庸剧包装出来的演员，都被人们看到、说出并记得。

　　金庸起码陪人们跨过了三个时代，分别是新文化运动之后以白话文为载体的思想启蒙时代，办报出刊与纸书出版的文学黄金时代，以电视机为客厅中心的影像消费时代……但在进入互联网时期之后，反而是以周星驰为代表的"无厘头文化"成为网络主流语言，在自媒体时期，新文体风起云涌，当年通俗的金庸文学，反而因文字的优雅被推进了经典的序列。部分九〇后以及〇〇后年轻人，会被金庸去世掀起如此巨大的怀念潮感到一头雾水。

以金庸去世为标志，他的著作在加速进入中国文学的经典宝库，复旦大学严锋教授说，"今后不会再有这样的作家了"。严锋认为，金庸"出身海宁书香门第，经过现代大学教育，在中国最多难但也是最有追求的年代，从内地到香港，见过人世的真相，体验过最无望的爱情，经过记者写作生涯的职业训练。以上种种传统与现代缺一不可的外在条件，再加上天生禀赋，在香港这个承接古今、贯通中西的大熔炉中反复锤炼，方能练成绝世神功"。

作家六神磊磊觉得，二十年前认为金庸小说是"四大俗"是一个错误，他已经触摸到了文学最高殿堂的光辉穹顶，金庸对于传统人文的继承，他作品中的至上境界，以及文字本身的成熟与优雅，已经融入了民族性格，成为影响中国人思考与行为形式的重要作家之一。这样的作家，他的作品不算文学，什么才算？

金庸曾经的批评者王朔，在这股讨论热潮中也频繁被提及，在对金庸与王朔的对比中，很多网友认为金庸才是真正的文学，王朔的不算。这样简单地对比，更多是情感因素使然，金庸构建了一个令人印象深刻的武侠世界，并且在里面融入了稳固的价值观，而王朔则用语言冲击了一个时代的话语方式，他们两位都具有很高的文学水平，但显然，金庸的文化底蕴在今天显得尤为珍贵。

作家潘采夫在认同金庸已经写进中国人的文化人格当中的同时，也对金庸对他青少年时期的影响抱有感激之情，他形象地称，"琼瑶和金庸都是青春期的劳改专家，一个把灵魂冲动的底线牢牢控制在嘴巴，一个把肉身澎湃的出路指引向练武"。

从此世上无金庸，这个俗套的说法，藏着真实的伤感，不仅中国不会再产生像金庸这样写作的作家，而是这样的作家在逐渐离我们、离文学而去，人们对金庸的怀念，包含着对阅读与文学以及生活方式产生巨变后所带来的失落。

金庸盛行的时代，那种理想主义与浪漫，在未来的日子不复再有，站在智能时代的门槛上回望，金庸真的像过去站在城门顶的大侠，在与众多文学大家的比试中，他独树一帜，令人肃然起敬。

在纪念金庸的文字中，许多人提到了金庸的文学价值与侠义精神，但有一点没有被重视，就是作为一名男作家，他制造了一个浪漫的世界，并且他笔下人物的浪漫主义，散发着纯真与深情、真实与隽永。

憨厚的郭靖，鬼马精灵的黄蓉，潇洒的段誉，清纯的小龙女，风流的韦小宝……这些人物加在一起，就是中国人性格的总合，每个现实生活中的人，都能够在金庸小说中找到与自己对应的人物，反过来看，当金庸小说人物的性格走进现实中人的思想与血肉，这又何尝不是一种浪漫？

在 20 世纪八九十年代，文化活动与思想活跃，金庸与琼瑶的作品，用对情爱的大胆描写，对大众的情感世界造成不小的冲击。虽然金庸的文学成就比琼瑶要高，但在当时的阅读环境下，他们都以古诗词为基本功，以儒释道的文化精华为底线，鼓励人们勇敢地去突破与创造。

金庸作品给读者带来的豪情万丈与耳热心跳，即源于他作为一名文化保守主义者对浪漫的渴望感染了大家。

金庸的浪漫体现在他借书中人物说出的情话，比如，杨过"过儿只有一只手，一样可以抱着姑姑你"，萧峰"阿朱就是阿朱，四海列国千秋万载就只有这么一个阿朱"……这样的话语在金庸的书中有许许多多，并且穿透时光放在今天仍然不落伍。

但情爱的浪漫仅仅是金庸式浪漫的一小部分，他对生活真谛的超前预见性（退隐江湖，花前月下），他通过对武林的描写传递出对理想社会的想象（秩序第一，正义必胜），都充满理想主义色彩，并且这种浪漫思维，至今仍然固执地生长在无数忙碌的中国人内心，金庸以及他构建的金庸世界，时而让人们不自觉地陷入短暂而沉静的幻想中。

文学后移，浪漫缺席……金庸去世，让人们有了抒发情绪的冲动，这不是一次刷屏的跟热点事件，在刷屏背后，藏着人们真诚的怀念与无法说出口的惆怅。

柏杨
启蒙者角色接近完美

2008 年 4 月 29 日，柏杨先生走了。朋友送我的那套《中国人史纲》还没有读。还记得把它放到书架上时，手上留存下来的厚重感和内心瞬间涌上的安宁感。

如果有人问我，即便穷尽一生也不见得读完其全部作品的中国作家有谁，柏杨会是第一个浮现出来的名字。柏杨的著作要慢慢读，但柏杨的名字，我们却要赶快镌刻于内心，在擅长遗忘的时代，别让他也成了过眼云烟。

接触柏杨这个名字，还是在我初中时，那时正懵懂，关注内心世界要远多于身外事。现在人们回忆起 20 世纪 80 年代，通常会加注"热烈""激情"等沸腾的词，而柏杨一句"丑陋的中国人"，无异于兜头浇下的一瓢冷水，这瓢冷水掀起的柏杨热，使得他的名字成为当年中国文化阶层熟知的核心词语之一。柏杨的这句名言，对一个在接近于无限纯真的环境中成长的初中生来说，它带来的刺痛感是陌生而新鲜的。

"我所以敢指出中国人的缺点，正因为我是中国人。长期以来，你们所看到的，多是虚骄的中国人。而现在，20 世纪 70 年代后，有检讨能力和有独立思考能力的一代中国人诞生，我们需要各位的帮助。"——有必要复习一下柏杨的这段话语，因为自他说完这段话之后的二十多年间，我们在培养检讨能力和独立思考能力上，仍然没有显而易见的进步。盲目和从众，死不认错，自我膨胀……这些柏杨尖锐批评过的国民性格缺陷，仍然可以通过各种信息找到对应点。

柏杨最大的价值不仅体现在他二千余万字的文学和史学著作，更体现于在中国人的劣根性逐渐被美饰得近乎虚假的时候，再次揭了全体中国人的疮疤。自他之后，东施效颦者众，一时间批评国人也成了一股文化潮流，但柏杨和那些只会批判不会建设的人是不同的，虽然他也给不出如何让中国人不丑陋的最佳答案，但他的写作是带有尊严的写作，他的笔触蘸有浓烈的情感，这种情感依然是他多年不变的"爱之深，痛之彻"。

2003 年，《我们要活得有尊严》简体字版本出版，这本书，被视为《丑陋的中国人》的姐妹篇——有尊严地活着，也算是柏杨给了自己和大家一个共同的答案。今日中国，"尊严"也正成为国家和人民践身厉行的关键词。

柏杨是痛苦的，他和同样坐过监狱的老顽童李敖不同。对李敖而言，坐监狱是一种资本，但对柏杨而言，却是一种耻辱。嬉笑怒骂的李敖也为他写作的一本小说鼓与呼，柏杨若能有李敖三分之一的狂放和洒脱，也会消减身上所肩负的过多沉重。也许，他给自己的定位就是一位谏言者的角色。

感谢柏杨，他扮演的启蒙者角色，几乎无瑕，接近完美……

二月河
他更像一名隐者

2018年12月15日，一个普通的周末上午，传来二月河去世的消息。

二月河是名优秀的历史小说作家，在官方也曾有认知。二月河还有一个专家身份，因为小说作品里有反腐片段且在公共场合时有反腐声音发出，他常被误读为"反腐专家"，对此他曾予以公开否认。

真实的二月河，有个普通的名字叫凌解放，大器晚成，四十岁之后才开始写他著名的"帝王三部曲"。早期因为二月河这个笔名中带有"月"字，还曾被人误会为一名女作家。对于这个笔名，二月河的解释是，二月的黄河解冻之后肆意奔流，蔚然壮观。名如其人，这也成为二月河写作历史小说的追求。

如果强调二月河的专家身份，那么更准确的说法，应该将他称为清史研究专家。这位读古文也能做到一目十行的写作者，被金庸高度评价，金庸认为二月河对清史的了解已经超越了他。

不过，围绕二月河的争议也随之而来，作为一名对历史了解得如此真切的专家，他该从何种角度来评价帝王？带有何种情感来讲述封建社会？如果遭遇"历史虚无主义"的批评，他该怎样强调自己的位置？

二月河奉姚雪垠为老师，曾带着他的作品《康熙大帝》前往拜访，但遭到了前辈作家的痛批，认为不该用"大帝"的说法来形容康熙。但二月河对此不以为然，虽然此后的两部作品在书名上没再延续"大帝"的叫法，而变成《雍正皇帝》《乾隆皇帝》，但在内容书写上，还是赋予了皇帝身上不少的"大帝"气质。

　　这气质也蔓延到后来火爆荧屏的各类清宫戏当中，成为观众心目中中国古代皇帝的普遍形象。

　　意料之内，在二月河去世之后，在评价他时也出现了两种声音，一种是肯定他作品的价值（可读性强，笔法恢宏），另一种是否定他对"帝王思想"缺乏批判性，相信随着有关纪念他文字的增多，这种争议也会更明显。

　　于是，二月河也不可避免地再次成为截然不同的两种史观对立点上的标志人物。导致这种结果的产生，与人们对二月河的身份有不同认知是有关系的。

　　在人物标签上，二月河一方面是高官大员的座上宾，同时也以人大代表的身份参政议政，另一方面，他也试图以自己的言行，来确认自己的百姓本质。比如，他一直坚持居住在河南南阳一处普通的居所，身穿邋遢的衣服上街买菜，上台讲课之前把吃饭时染上油渍的衣服反穿……

　　这形成了一个有趣的比照，通过这种比照也不难发现，二月河更重视他的百姓身份，每每接受媒体采访，"我就是个普通人"也宛若口头禅。

　　二月河的身份和言行特征，的确会造就一定的矛盾与误会。他的"历史小说作家"的头衔是公认的，但他的写作，究竟是知识分子的写作还是民间立场的写作抑或两者结合之后的产物，不同的人会有不同的看法。

以观众与读者的视角看，二月河是介于两者之间的，他的作品既有知识分子才具备的结构能力与穿透性的视野，也有民间评书般的口头传播效应与感染力。

从二月河对《聊斋志异》的推崇来看，他自身是站在民间口头文学的位置，来看待历史人物与王朝变迁的，在他庄重的写作态度之外，也不乏一些探秘、趣味性的描写。小说不是历史，从创作的层面看，是可以理解并值得尊重的。

二月河的历史小说，在读者群的覆盖面上是很广的，这一点与金庸作品一样，无论受教育程度高低，受众都能从中得到自己所需要的。针对二月河作品的影视改编，其中的运作空间也很大，但不得不说，撷取了他小说里庄重那一部分的电视剧，更具品质感，而把趣味转向玩弄权术与后宫争斗的影视作品，则浮漂了许多。

现在回头再看二月河以及他的作品，会更清晰地发现他的"隐者"身份，以这个身份写作，使得他脱离了诸多的束缚，可以更自由地在作品中表达他的文化愿望与情感倾向。在功成名就之后，他即便想要更深地躲到书斋中去，也难以实现了。这大概是属于二月河的一个个人遗憾。

但有一点不可否认，二月河的小说，整体上满足了大众的文化消费需求，他在自己熟知的领域，做出了自己的专业贡献与文学贡献。但文学贡献要远远高于专业贡献。

二月河、李敖、金庸
历史迷局的破解者

2018 年 12 月 15 日，历史小说作家二月河去世。在此之前，学者李敖于 3 月 18 日去世，10 月 30 日，武侠小说作家金庸去世……在 2018 年去世的三十余位名人当中，二月河、李敖、金庸这三位，有着诸多的共同点。

其中显而易见的一点是，他们的写作都与历史紧密相关，在对历史专心致志有了研究成果的同时，他们也分别有自己的侧重点：二月河重新梳理历史，在讲述权谋争斗的同时，也赋予帝王将相更多属于普通人的凡俗情感，让读者对封建王朝有了更直观和感性的了解；李敖大半生浸淫于历史，在他看来，现在与未来的一切，皆由过去衍生，没有历史眼光，说什么都没价值，以"李敖论史"为主要内容的《李敖大全集》，八十册三千万字，可见李敖对历史信息掌握之足；金庸的武侠小说背景，从春秋战国时期延续到清乾隆年间，在武侠小说中所展现出的历史风情，对历史典故、文学经典信手拈来的调用，以及用文学手段糅合呈现出来的历史观，都具有很强的感染力。

中国的读者对于历史，总是有着超强的好奇心以及汹涌不息的消费欲望，古往今来大量的经典，也无不是附着于历史这深沉的"大海"而诞生的闪亮"珍珠"。二月河、李敖、金庸能够以历史为营养来源，写出有经久不衰传播力的作品，在于他们使用了新的笔法，融入了新的历史观。

他们不同程度地接过了中国传统文化的遗产，并以一己之力做了辛苦的筛选工作，或以弘扬的手法将之璀璨的一面与现代人的情感、审美相结合，或以批判的立场对其杂芜之处进行修剪，历史与文化，是成就他们的"左膀右臂"，缺了任何一项，都不足以使他们成为被人们记得的优秀作家。

从影响力与作品发行量来看，三位都是畅销书作家，站在平民立场上为大众写作，是他们获得声誉的必然做法。当然，他们在获得肯定的同时，也引发了一定的争议，如二月河被批评"为帝王唱赞歌"，金庸"犬儒"，李敖"人格分裂"……

这是作家深度参与历史所带来的"副产品"。对于他们的求全责备，是因为人们并未简单地把他们当成作家来看待，而是期望他们具备更有力的公共价值，在更多的领域发挥更大的影响。公众的这种期望，显然是没有进入作家的写作初衷中的，所以在评价这三位作家的贡献与地位时，应更多从他们的文学贡献谈起。

作为大众文化偶像，二月河、李敖、金庸自然懂得大众对他们的期待，也知道如何履行自己的义务，李敖长时间的时评写作为他迎来"斗士"的称号，金庸的社评也被认为是"一绝"，二月河也经常发表反腐言论、对其他公共话题也时有参与……

只是他们在公共领域的作用，没有在文学领域的贡献那样具有不可磨灭的持久性。金庸的社评未来不会有人读到，二月河被一次次重印的必然是他的"晚霞三部曲"，李敖的《大全集》中，最为经典的还是《北京法源寺》。

如同李敖所说，不懂得历史的作家不配去写作，但同时他也说过，学问太多"害死了我"。二月河去世后饱受争议，但批评者看到了他小说的内容，却没有看到他一次次强调，他把三部历史小说命名为"晚霞"系列，主要是想表达一种无奈与苍凉，他并没有为封建帝王"翻案"的想法，反而，他觉得放在历史长河里看，最终他们都是失败者。

金庸在一次公开演讲中称"写小说并没有什么学问，大家喜欢看也就过去了"，他对历史"倒是有一点儿兴趣"，金庸对历史发展规律的总结是一针见血的，但这并没法纠正，更多人喜欢从他的小说里去"发现历史"，而不是在他的现实言论中去看到真相。

历史是个棋盘，棋盘自然少不了迷局，作家可以是迷局的破解者，亦可以是迷局的制造者。作家的思想高度，决定了他们目光的穿透力，但作家继承的文化血脉以及他们生存的时代，也影响着他们，可以在局限中发现伟大，也可能会在伟大中难以逃脱局限。

时间是最好的淘汰工具，许多年过后，如果有作品持续流传，为未来的读者所喜爱，这样的作家就是有价值的。相信二月河、李敖、金庸的作品，都能经过时间残酷的检验。他们从历史那里得到灵感写出的作品，会构成历史的一小部分。

王小波
用有趣来对抗平庸

1997 年 4 月 11 日，王小波离开了他还没有爱恋够的"诗意世界"。每年的这一天，人们总会想起王小波。

有了朋友圈和微博，热点总是瞬间即逝，有人用讽刺的口吻，来调侃王小波的"粉"，不见得是排斥对王小波的纪念，而只是反感怀念的流程化、空洞化，以及无意义。

王小波是有趣的，他若在世，估计也不会喜欢人们对某人进行无趣的怀念。比如 2007 年，就有一项名为"重走小波路"的自助游活动，被批评为无聊，王小波做梦也不会想到，有一天他的名字会和"自助游"联系在一起。

王小波痛恨愚蠢，他几乎以暴怒的方式声明，"愚蠢是一种极大的痛苦"，但他知道，作为一个聪明人，有时候得学会与愚蠢相处，才能够相安无事地活下去，于是，他又解释，"活下去的诀窍是，保持愚蠢，又不能知道自己有多蠢"。在王小波看来，有趣是对抗愚蠢的利器，一个人有趣起来，那么他的愚蠢便会被遮盖，甚至会被误认是单纯。

去世之后，作为小说家的王小波的小说作品，其文学价值才得到真正的承认。然而，在近几年，他的杂文家身份被着重强调，不少读者觉得，王小波的杂文更具穿透力。于是，王小波成为时代代言人，他的言论时不时地被拿出来，用以佐证某种社会现象，或者批判某种不良风气。

1996 年，王小波接受了意大利制片人安德烈的采访，采访中，王小波除了说起自己写小说的缘由，还表达了对文化的看法，当然，亮点在于他谈到了尊严问题，"我觉得人活着必须要有尊严"。而所谓尊严，最起码的一条，应该是每一个人的生活方式，都该受到尊重。

1994 年，王小波参加了一次笔会，与众多滔滔不绝的发言者相比，他沉默烦闷，关心的问题只有一个："明天什么时候可以回家？"在一年后的一篇随笔里，王小波写下了这样的文字，"（19）94 年，我参加了个无聊的笔会"。

在王小波看来，一堆人正襟危坐地聚集在一起研讨或评论某些事物是可笑的。以王小波的角度切入谈论尊严问题，具体到个体身上，其实可以简单概括为，每个人都有说"不"的权利。

把王小波拿出来当代言人有趣吗？王小波在天有灵愿意成为这个代言人吗？这已经由不得他了。以言论立足且语言有生命力的作家，本就不多，王小波算一个。人们在他的书本里摘录语句，扩大这些字词背后的寓意，"王小波"这三个字因此变得沉重，这与他在小说文字里追求的轻盈是相反的。王小波在承受后世赋予的重量，这是他所乐意的吗？

"越悲怆的时候我越想嬉皮"，这是王小波的态度。推己及人，怎么用有趣的方式纪念有趣的王小波，成为以后该如何纪念王小波的一个课题。一度传出他的《绿毛水怪》已获得拍摄许可证，用电影来呈现王小波的精神世界，这算是一个有趣的方式，他的诸多小说，也都有改编价值。让王小波娱乐化起来，与他内在的庄重并不矛盾。

嬉皮起来，对于王小波迷来说有点儿难，对应环境，也有点儿不适宜。但有趣起来，总归不难吧，用有趣来对抗悲怆或者平庸，不失为一个追求"诗意世界"的好办法。

从维熙
跨过那条冰冷的河

"老从今天早上走了"，当从维熙先生的好友、传记作家李辉2019年10月29日晨在微信群里通报这一消息时，大家都觉得震惊与伤感。

2018年《从维熙文集》出版的时候，在新闻发布会上他还朗诵诗歌，用美声高歌一曲，2019年也曾出席过公开活动，身体健康状况看上去不错，不像是八十六岁的老人，也许这是因为大家愿意记得的，永远是那位爱喝酒、爱唱歌的"强壮"的从维熙。

从维熙的名字，长久地停留在中学时代的记忆里。这个名字像块坚硬的石碑，遥远而又坚固——产生这样的印象，是源于他的作品与文字。前些年忽然觉得自己离这位文学前辈很近，是因为聚会的酒桌上，时常出现从维熙赠送的来自他家乡河北玉田的酒。

酒都是李辉带来，每次带的时候都会说"这是老从送的酒"，酒是坛装的，每坛两公斤，每次都会被喝光。喝多了"老从的酒"，便惦念着什么时候能敬他一杯，感谢这几年他的赠酒之情。

2018年6月6日晚，是我们几个好友运营的"六根公号"开通四周年的聚会，从维熙来了。网上他的生辰，只有年份显示是1933年，但没有具体到几月几日，但那天有人给他准备了蛋糕，所以极有可能从维熙的生日是 6 月 6 日或者前后某天。

现在回看那晚聚会的照片，发现他虽然满头白发，但精神良好，还握刀为众人进行了切蛋糕"剪彩"。那晚的从维熙有没有喝酒不记得了，但清楚地记得他高歌了一曲，用美声，这已经是他在聚会中的保留节目。

2019 年 2 月，春节过后的一次聚会，从维熙再次出席，聚会欢声笑语，从维熙的兴致也颇不错。从当晚的合影看，拍照时他还与我们一起端起了酒杯，可能是端起又放下了没有喝，但曾经好酒之人的洒脱之气还是在的。

有关从维熙喝酒，流传着这样一件逸事。1985 年的时候，从维熙随一个作家代表团前往日本访问，遭遇了有"酒鬼"之称的日本著名作家水上勉，两人从小杯喝到大杯，再到水上勉喝一杯、从维熙喝三杯，直到把水上勉喝得甘拜下风、心服口服，第二天当地的媒体报道称，"中国作家从维熙是征服东瀛的酒魔"，从维熙看到之后比发表了一部小说还高兴。

2019 年 5 月，第三次见到从维熙，是在画家罗雪村的画展上，从维熙在家人的陪同下前来参观。在画展上，他遇到许多老朋友与新朋友，虽然话说得不多，但大家对他的尊重与关心，都是显而易见的。

也就是在这次画展上，从维熙透露给李辉一个信息，他想把《大墙下的红玉兰》手稿捐赠给巴金故居。"老从告诉我，要把《大墙下的红玉兰》手稿捐赠给巴金故居。我一听，心里非常感动。老从将这部手稿珍藏至今，将之赠送巴金故居，这是多么了不起的情怀！"——李辉在文章里这样写道。

李辉把手稿转交给巴金故居负责人，并请对方做一个精装本，当这本书的封面已经完稿，新书将要印制出来的时候，从维熙离开了人世间，没能看到新书，这是个遗憾。

《大墙下的红玉兰》是从维熙的代表作，这部小说的写作与发表，开创了新时期文学的一个新的题材领域，也为从维熙带来了"大墙文学之父"的称谓。这部小说最早发表于《收获》杂志1979年第2期，按照从维熙的描述，《大墙下的红玉兰》是在《收获》杂志创始人之一巴金的坚持之下，编辑部才把它以最快的速度和头题的位置发表出来的。

《收获》杂志还发表过从维熙屡遭退稿的《远去的白帆》，后来，在1984年全国第二届小说评奖中，这部小说以接近全票的票数，获得优秀中篇小说文学奖。巴金对从维熙的赏识，源自两位都是爱讲真话的人，从维熙的创作，从来都是属于"硬骨头"式的，晚年也是如此，宁肯不发表，也不愿意改变自己。

从维熙去世后，有许多的报道与纪念文章，也有他此前的一些文章被传播，其中有一篇是从维熙回忆1963年在北京南郊团河农场参加劳改时与潘汉年的交集：在河沟对岸，从维熙时常见到一位垂钓老者，凭借模糊的面相以及身影，从维熙觉得老者是潘汉年，他向农场办公室的人询问，得到的答案虽然似是而非，但更加确定了潘汉年的身份，从此他时常与垂钓老者隔河招手或者偶尔相视一笑。

文章当中，有一段十分令人动心的描写——出于对潘汉年的敬仰，从维熙做了一个被他认为"十分出格"的行动。

"那是夏日采摘蜜桃的日子，组里成员都去装运桃去了，只有我一个人在值班房，负责过秤等待汽车来拉走桃筐。就在这一瞬间，我看见那位钓鱼老者正在树下发呆。这时我突发奇想，让那位比我心灵还要苦涩的前辈，也尝尝生活的甘甜。我从桃筐里遴选了两个熟透了的盘桃，先是想给他扔过去，但怕损伤了蜜桃的形状。想来想去，忽然计上心头，我从值班室找来一个塑料盒子，再把两个盘桃放进盒子——我想如同放河灯那般，让两个寿桃漂浮到小河对岸。"

然而对岸的老者的反应却是，"似乎看穿了我的用心，先是对我连连晃动他头上的草帽，然后便夹起钓鱼竿匆匆离开了河沟对岸"。

这样一个简单的情节描写，充满了书生意气与文人式的表达，有着孩子气的天真，但读了之后心受震动，让人有想流泪的冲动。一河之隔，让两位大文人失去了面对面交流的机会，那条河之大、水之冰冷，真是让现在的人难以想象。而现在，从维熙算是跨过了那条冰冷的大河，不用再送桃子，他可以与潘汉年喝一杯了。

从二十四岁到四十四岁，人生最美好的年龄段中，从维熙所经历的坎坷与磨难，都被他写进了小说与纪实文学当中，这些文字灵感来源于从维熙真实的生活。通过一双勤奋的双手，从维熙为读者留下了一个了解过去的窗口。

同时，他的著作也反过来塑造了现实生活中的从维熙，他的不畏苦难，他的豪爽性情，以及晚年时还常有的歌之咏之，何尝不是在表达一种生命态度，如果中国也有"硬汉派"作家的说法，从维熙当算一位。

在去世前的 10 月 27 日晚上，从维熙对要回家休息的夫人钟紫兰说了一句话："路黑，小心。"这四个字成为他最后的话语。但愿去往另一个世界的道路灯火通明，照亮从维熙先生一路走好。

余光中

余光中走了，"乡愁"也没了

　　2017年12月14日余光中于台湾病逝。梁实秋曾评价他"右手写诗，左手写散文，成就之高一时无两"。余光中一生曾在南京、台北、香港、高雄生活，但不管在哪里，文学都始终与他相伴。

　　对于很多人的学生时代来说，余光中是一个振聋发聩的名字，而这个名字，又是借着那首被收进教科书里的《乡愁》而发光的。《乡愁》这首诗在学生心目中的分量，无疑是沉甸甸的。

　　模仿鲁迅在课桌上刻一个"早"字，以及模仿余光中《乡愁》，以"××在这头，××在那头"为句式，在作业本上写下第一首诗，这是不少人的共同经历。而在那段无忧无虑的时光，除了要费点力气去理解语文老师所诠释的"乡愁"，没有多少孩子能真正理解乡愁的滋味。

　　现在看来，除了《乡愁》，余光中在读者心目中被广泛传诵的篇章，的确不多了。他一生创作出版诗集、散文集、评论集、翻译集达四十余种，其中有一些，也被大陆的出版社出版过，但这些书的影响，与余光中的文学身份与地位，是不匹配的。

　　虽然在文学创作中，有"不问生前身后名，只求佳句天下传"的说法，但像余光中一生的创作荣光，被赋予在一首诗的身上，这令人看到文学在传播过程中，还是受到各种外界因素干扰的。

余光中所写的《白玉苦瓜》《天国的夜市》《记忆像铁轨一样长》《隔水观音》等作品与著作，或比《乡愁》更值得去探寻、研究，也许在更多的篇章里，能发现这位被符号化的文化老人更复杂的心迹。

相比于余光中写两岸之间的"乡愁"，晚年的他或会对文学的"乡愁"有更多想表达的观点。1949 年后，留在大陆的知名文化人，虽然经历了人生打击与生活波折，但他们的作品以及他们的文化地位，大多还是被重视的，受众的庞大，也使得他们的读者顺利实现了代际更迭，尽管受商业文学冲击很大，但还是有相当数量的年轻人知道他们的名字、了解他们的故事。

而对于一些台湾文化老人来说，不知道从什么时候起，一道无形的隔阂渐渐形成了。比如有"台湾的冰心"之称的琦君，在台湾曾被评为"十大女作家之首"，去世后台湾专门为她建有"琦君纪念馆"，但在大陆知道琦君这个名字的人却很少，她名字被传播最多的一次，是《橘子红了》被李少红改编为电视剧，除此之外，琦君并不为大众读者所了解。

台湾文化老人的作品在岛内出版后，还会有读者，但在大陆，知音大面积消失了。台湾的作家新生代，在大陆有影响、销量高的不少，这受益于"最美的中文写作在台湾"，但这些新生代作家，也是继承了岛内文化老人的衣钵，才能赢得这么多读者的喜欢。像余光中这样的作家，已经完成了文学传承的使命，如此想来，也会释然很多。

余光中的文学光芒被遮蔽，很大一部分原因是"乡愁"这个标签，他参观杜甫草堂，吟诵的"小时候，乡愁是一枚小小的邮票"，他应邀登某电视台节目，朗读的也是"长大后，乡愁是一张窄窄的船票"，前些年他频频造访大陆，每每留下纪念题词，都会被称为"余光中续写乡愁"……

　　而对于余光中一代代的读者而言，从没有乡愁，到产生乡愁，乡愁的形态与意义，都发生了很大的变化。乡愁已经不只包括复合、团圆、欢聚等向往，它还糅杂了漂泊、流离、无奈、惆怅等。而在最近一轮长达数年的"乡愁"话题热过去之后，"乡愁"也成为一个少人讨论的议题，有"乡愁"，那是因为心有所系，而眼下的时代，更像是一个"乡愁"消失的时代，每个人都试图紧紧地抓住当下，无暇向前看或者往回望。

　　余光中走了，"乡愁"也没了，让我们在一个缺乏向往、没有想象与浪漫的时代，向余光中先生说一声"再见"。

单田芳
收音机时代造就的明星

2018 年秋初至年底，几位传统艺术的代表人物相继离世。尤其是 2018 年 9 月 11 日单田芳的与世长别，激起了人们对评书艺术的怀念，也引起关于单田芳之后评书艺术如何传承的担忧。

单田芳的评书有他鲜明的个性特征，沙哑却富有表现力的嗓音，表演时饱满的情绪所传递出的强感染力，以及对古老评书融入个人风格的创作，使得他的演播作品有单刀直入的快节奏，聆听过程扣人心弦。

"凡有井水处，皆听单田芳"，这个说法一方面说明单田芳的评书很接地气，另一方面也客观表达出评书传播渠道的单一与庞大。

在收音机未普及之前，评书是街头艺术，演员需要在公共场合与观众面对面，而在几乎家家一台收音机的背景下，评书演员第一次借助现代媒介，成为过去时代的明星。

收音机的便携性打破了评书传播曾经口耳相传的特征，解放了听众的收听限制，在田间地头、庭院餐桌，大人与孩子扭开旋钮，即可在固定时间听到讲得栩栩如生的评书故事。每个时代都有自己的造星机制，而单田芳则是收音机时代造就的明星。

当然，听评书之所以在过去成为最主流的娱乐享受之一，在于它富有丰富的文学汁液，它的文学性来自《隋唐演义》《三侠五义》《小五义》《杨家府演义》《英烈传》等古典著作，也来自评书艺人以口头文学表达形式为这些古典著作灌注的民间情感，两者融合，才缔造了评书强大的传播力与生命力。

"单田芳在民间的影响力一度超过金庸"，有媒体在单田芳去世后如此表示。这个观点并不夸张。金庸小说盛行时，虽然阅读门槛也不高，但在底层表达上，单田芳的无死角传播，还是更胜金庸一筹。

对于为何不把金庸小说以评书形式表达出来，单田芳的解释是，金庸小说太过严密，没有他的用武之地，这个解释被网友解读为单田芳的"情商高"，其实最根本的原因是评书与金庸小说是两种完全不同的艺术形式，两者没法很好地相融。

如果说金庸小说在纯文学时代以其通俗性博得了大众读者的喜爱，衔接了古代侠义小说与现代文学的疆土，凸显出重要的文学地位，那么，单田芳等评书艺术家演播的评书作品则衔接了通俗演义小说与民间口头文学之间的空白位置，填补了广大民众想要亲近文学的娱乐需求，同时，评书也从最基本的层面启蒙了无数人的童年，对正邪、善恶等正向价值观有了初步的认识与判断。评书的伟大，是被低估了的。

在电视取代收音机成为公众主流娱乐载体之后，评书市场便开始萎缩了。常宝华与其弟子侯耀华、牛群等通过央视春晚等电视平台，成为举国知名的演员。相声的辉煌源自它的常说常新，在创作上，当年的相声能够联系实际，把社会时事融进作品里，有针砭时弊的功效，所以相声艺术的顶峰是在电视时代被创造出来的。

同一时期，评书作品虽然也有创新尝试，但由于篇幅长，改编难度大，在与相声的竞争中落了下风。一直到今天，评书爱好者最喜爱听的，仍然是早期的经典评书。

由此可见，仅就相声与评书这两种传统艺术形式而言，传播载体与内容创新决定了它们的活力。侯宝林、马三立、马季、侯耀文、唐杰忠、李文华等每一位相声艺术家的去世，都会引起一阵对相声沉寂的叹息，所以常宝华、师胜杰、常贵田去世时，人们对相声的感慨与以前也是大致相同的。

电视的盛行，降低了评书的热度，而相声的陨落，则伴随着互联网的普及。不难发现，娱乐越是多元化，传统艺术的竞争力就越弱，这是大势所趋，几乎难以阻止。

但经典作品的魅力，是可以穿透时光的。在今天，仍有数量不少的年轻人在通过汽车收音机、互联网电台、智能手机 APP 等渠道继续听相声、听评书，也就是说，哪怕这两门艺术不做任何形式的传承创新，在未来一段时间里，仍然会有人循迹而来，成为它们的热爱者，这也决定了，只要肯用心，在肯定传统艺术的独特价值基础上，进行一些大胆的改造，必然会延长传统艺术的生命力。

为了宣传《江湖儿女》，导演贾樟柯录制了抖音小视频，接受了 B 站采访，对修音、鬼畜等新表达形式进行了亲密接触，这是明显地在向九〇后、〇〇后靠拢，吸引他们来观赏一位出生于 20 世纪 70 年代的导演的作品。像贾樟柯这样的姿势倾斜，更多的是在表达一种态度——他不愿自己的电影再是小众文艺片，而是渴望被更多年轻人接受与了解。

这个事例，其实值得相声与评书的传承人去研究与学习。如何通过拓展渠道来扩大受众群，怎样把年轻人喜闻乐见的表现形式融入内容，这是一个很难的课题，但值得去征服。

传统艺术的继任者为了把"祖业"传递下去，就先要抛弃观念上的负重，不以过去的辉煌为压力，不以当下的寂寥为包袱，更不要恐惧适应与变化。

对经典的改造与颠覆，注定要承受一些指责，在新作品的创作上花样翻新，也一样会引来别样的目光，但只要有底蕴打底，有热爱当先，传统艺术就有很大可能在新媒介平台与陌生受众群那里开出崭新的花朵。

梅葆玖
京剧大师的俗世情怀

京剧艺术大师梅兰芳的儿子、京剧表演艺术家梅葆玖，2016 年 4 月 25 日在北京病逝，享年八十二岁。

在梅葆玖去世后，诸多媒体包括央视新闻的报道，都对他使用了"京剧大师"的称谓，而梅葆玖曾数次拒绝这个叫法，"请不要叫我大师。我更不要做什么大师，我父亲才是名副其实的大师，中国真正的大师并不多"。

梅葆玖更是借京剧谭门传人谭元寿的观点，把大师的帽子拒之门外："如果我是，那我父亲应该怎么称呼？"躲避"大师"名头，成为这些京剧名家之后不约而同的态度。

京剧不属于这个时代的热门演出剧种，但作为最具代表性的中国戏剧门类，人们想要听到京剧、看到京剧的现场，还不是什么难事。在重大节目的晚会上，在一些有纪念意义的日子里，只要用心寻找，还是能看得到京剧名家的身影，并且在他们的唱腔中穿越时空，回到民国，回到京剧的辉煌时代。

曾看到一段梅葆玖的晚年演出，他唱《大唐贵妃》的选段《梨花颂》，舞台上两列庞大的伴唱队伍，一男一女两位主持人簇拥在身边，台下一水儿的戏剧圈名人，观众群中更是时不时爆发出掌声……在这样的情境下，梅葆玖没有受到一丝的干扰，他细小的动作语言，传递出想要挣脱两位主持人保护的信息，他清亮、婉约、饱满的声音，没法让人相信出自一位耄耋老人口中……尽管梅葆玖否认大师身份，但他在演出时的"大师范儿"，还真是算艺惊四座。

梅兰芳的故事，许多人耳熟能详，不甚知道的，大概也能通过陈凯歌导演拍摄的电影《梅兰芳》略有了解。梅兰芳先生傲骨清奇、出类拔萃，他的作品带给观众美的享受，他的为人也为后人所津津乐道。

但熟悉中国历史以及京剧发展的人知道，京剧不仅是一种民间艺术，在很多时候，京剧是浊世的一个独立存在，京剧本身追求艺术的纯粹性，以及试图达到净化人们心灵的功用，但在一些历史节点上，因为京剧的独树一帜，作品本身以及演出者，都会身不由己地被复杂的社会以及政治旋涡牵扯，对此，陈凯歌的代表作《霸王别姬》有过表现，段小楼与程蝶衣的悲剧故事，是两百年京剧历史的缩影。

因此，评价梅兰芳，如果不结合时代背景，都是不具备说服力的。现在，当唯一继承他事业的儿子去世的时候，想要客观地评价梅葆玖，依然离不开他所生存的这个时代：巨星去世，名伶陨落，观众稀少，剧种凋零……

梅葆玖们或是京剧在发达媒体时代最后的绽放，京剧表演的摄人心魄之美，很有可能就此成为绝唱，京剧艺术的血脉传承，已经由热转冷，京剧人身上所独具的人文品格，也会渐渐地遥远，成为传说的一部分，被后人偶然在茶余饭后聊那么几句。

浏览诸多关于梅葆玖的报道、专访，文字与影像，让他的形象、气质、人生与生活态度、价值观等，渐渐地聚积在一起。最后得出的一个结论是，梅葆玖是具有俗世情怀的，他懂得一名传统戏剧人的为人之道，以及作为一位京剧艺术家在这个社会上的生存之道。他知道怎样维护艺术尊严，也了解在不同的场合，以什么样的姿态来应对。

在诸多的故事里，旅美华裔影人卢燕讲述的一个经历，会令人记忆深刻。卢燕当年由沪赴美求学之时，梅葆玖在她上船时，往她手中掖了一个小包，卢燕在船行后打开一看，原来是五美元，这是梅葆玖仅有的美元，在那个时代，是一笔很大的数目。仅仅是这一个细节，就可以让人展开许多联想，关于乱世，关于情谊，也关于家道传承……都仿佛是这个时代缺乏的东西。

梅葆玖的邻居，记录了他八十岁高龄时骑自行车出门的情景。一位老太太认出了他，便问："昨儿还看见你在电视里演穆桂英呢，今儿怎么就光着膀子开车了？"他回答："啊，昨儿是小媳妇，今儿是大老爷们儿了！"梅葆玖的回答是奇妙的，既满足了人们对京剧的俗常认识，也用最通俗的语言，对京剧进行了自嘲式的解读，否则，他还能怎么说呢？

也有人刻画了一位公子哥儿式的梅葆玖，出门开一部进口豪车，香港朋友的私人飞机，他开半个小时还嫌不过瘾，表示有机会要试一试开波音747，他的爱犬是纯种欧洲贵族狗，吃的蛋糕也必须是上海"红宝石"牌的……他还和《天天向上》之类的十余个综艺节目有过各种各样的联系。

看了这样的描述，感觉梅葆玖不像梅葆玖了，反而有点儿王思聪的意思。可，这不正是一种最真实的生活吗？如果碰巧您是一位京剧迷，会不会觉得，梅葆玖先生是不是就该这样，在舞台上享受腕儿的待遇，在舞台下，有着这样公子哥儿式的生活？这是俗世所能给予一位艺术家的最好待遇，眼下不是许多明星正在享受的吗？

有学者曾批评道，"梅葆玖也叫大师，京剧真的是完了"。现在可以说，梅葆玖的大师，是别人强加给他的，不是他自称的。现在还可以说，梅葆玖走了，京剧真的是完了。但说归说，那只是停留在口头层面上的语言而已，事实上，京剧还有那么多的继承人在努力着，京剧依然会在重大的节日或者重要的场合，被人们短暂地关注。这让人欣慰，但除了欣慰，也没更多别的可说的了。

吴天明

为了电影不顾一切地玩命

　　拥堵的城市交通夺去了一位导演的生命。2014 年 3 月 4 日中午，吴天明因心梗离世，享年七十五岁。社交媒体上，传播这条消息的除了媒体账号外，就是那些年届中年的网民了，对于四十岁上下的观众来说，吴天明是一个重要的名字。

　　我是在 DVD 时代的某个深夜，第一次开始看吴天明的《老井》，第一印象是土，画面土，音乐土，但在短暂的几分钟不适感之后，迅速被影片带入到情境中去，后来才想明白，这就是鲜明的第四代导演风格，喜欢这部电影，是因为它的"土"与我们在血液连着根。

　　童年时对吴天明另一部作品《人生》依稀有一些印象，只是，儿时记忆多被打鬼子电影占据。后来再读路遥同名小说，才了解到，这部电影在当时为何能引起那么强烈的共鸣，它的主角高加林，其实就是我们父辈的缩影，那个年代的人所承受的苦难是大致相同的，他们的人生，有着同样的捆绑与束缚。

　　在后期作品《变脸》中，吴天明仍然一贯地注重表现命运的悲怆感，但他找到了抵挡高加林、孙旺泉（《老井》中张艺谋饰演的男主角）身上那种绝望与孤独气息的办法，即用善报来消弭作恶，用温情来抵御无常，哪怕知道命运千疮百孔，也会勇敢以血肉之躯去拥抱。

公映于 1995 年的《变脸》和早两年公映的《霸王别姬》在精神气质上有着极为相似的地方，作为吴天明提携出来的导演，陈凯歌用他的作品证实了他的青出于蓝，但他作品里所体现出来的深沉情感，会从吴天明的作品那里找到渊源。

作为前辈导演以及西安电影制片厂原厂长，吴天明被认为是扶持张艺谋进入电影圈的伯乐，在他扶持、培养的电影人才名单中，还有陈凯歌、顾长卫、周晓文、黄建新、田壮壮、何平等人。但在评价第五代几位代表导演的作品时，吴天明却有过"沾了他们的光"的言论，谦卑的姿态明显。但人们不会忘记，是他和他领导的西影厂，制造了一个个振奋人心的"西区故事"，中国电影的西北风，为中国影人带来了迄今难以超越的荣誉。

回顾中国电影史，吴天明和西影厂的黄金年代，可以称为中国电影的理想主义时代，那个时代的电影人热血沸腾，是真正把电影当艺术来追求的时代，在光影所制造出来的银幕世界面前，他们充满好奇心和奋斗欲，也正是这股原始的动力，促使着他们拍出一部部优质电影。

《人民日报》在报道吴天明时曾这样讲述过他与张艺谋的故事。为了让张艺谋专心拍电影，吴天明费尽周折把张艺谋的妻子从县城调进西影图书馆，又分给他们一套两室一厅的住房；《红高粱》的诞生，是吴天明在没有得到上级部门任何批示、没有获得一分资金支持的情况下，顶着巨大压力、隐瞒着上级、违反着规章制度，私下慷慨解囊和几个同人凑钱启动的……即使在今天，吴天明的做法看上去也颇勇敢，而正是他的勇敢做法，以及那个时代中国电影的勇往直前，才给国产片留下了一批可以称为传世佳作的作品。

　　吴天明 2012 年在接受某网站采访的时候曾说："怀念单纯勇敢的创作时光，痛恨虚假功利的商业环境。"这句话其实也总结出了他那代人创作丰收的原因所在，即"单纯勇敢"。现在的电影环境也单纯，不过是单纯为了钱，也勇敢，不过是"勇敢"地玩包括偷票房在内的各种小动作。

　　真正把勇敢用于电影表现领域开拓上的人少了，愈加显得吴天明式勇敢的珍贵。纪念吴天明，除了向往他所处的创作氛围外，更多还是要从他身上感受那份对电影的热忱，以及为了电影不顾一切的玩命精神。

吴贻弓
电影接力传出重要一棒

2019 年 9 月 14 日早晨，中国第四代导演代表人物之一吴贻弓在上海去世，享年八十岁，很多电影人在得知消息后，纷纷表示哀悼与怀念。

怀念吴贻弓，一是记起他为中国影坛留下的那些经典电影作品，二是感谢他对后辈导演的影响与培养，三是铭记他在幕后为电影事业所做的贡献，当然，还有不少人想起与他交往的温暖点滴。

吴贻弓是一名典型的电影热心人，一位导演能为电影所做的事，他几乎都做了；他也是一位电影创作与制作的"全能型选手"，导演、编剧、监制等身份贯穿他的职业生涯。他当导演时可以背下所有角色的台词，可客串演出时却会把自己的台词说得磕磕巴巴，这成为吴老的一件逸事。

吴贻弓导演的电影作品在数量上并不多，只有九部，其中《巴山夜雨》《城南旧事》最具知名度。以不多的作品博得了经得起时间考验的威望与名声，这在于他在创作上有严格的标准与要求，保障了每部电影都有艺术的完整性与纯粹性。

吴贻弓创作上的完整与纯粹，也体现于其他第四代导演身上，比如，拍出《本命年》的谢飞、拍出《画魂》的黄蜀芹、拍出《老井》的吴天明，还有拍出《小花》的黄建中等。

按照现在的眼光看，吴贻弓拍出代表作的年代是没有商业片的，几乎所有的电影都是文艺片，吴贻弓的电影"又文艺又好看"，在于第四代导演在创作时，除了坚持较高的艺术标准外，还不断往作品里灌注民族性与现实主义。也就是说，在吴贻弓的电影里，可以看到当时中国的文化灵魂以及对中国人现实生活最精练的萃取。

吴贻弓电影的文艺气质，是他那一代人文化气质的延续，电影在吴贻弓手中，既是记录时代的一种载体，也是表达理想的一个渠道；而吴贻弓电影的好看，则在于他通常从小人物入手、从个体视觉切入，把命运与悲欢融于历史背景下，拍出令人感同身受的故事。

一名上海导演把一个发生于北京的故事拍摄得入情入味，《城南旧事》的成功，是吴贻弓敏感把握时代气息的最好例证。在导演手记里，他用十个字奠定了影片的基调——"淡淡的哀愁，沉沉的相思"。后来《城南旧事》被拍摄成别的版本，但原著作者林海音只认吴贻弓这一版。

吴贻弓 1960 年毕业于北京电影学院，但毕业后便长期工作于上海，他一生的工作重心都在上海，已经是上海电影名片之一。

2019 年 5 月 24 日，他在病床上写下了颤颤巍巍的六个字"上海电影万岁"，这是他送给上海电影最后的嘱托与盼望。二十世纪三四十年代的上海电影，是当时中国电影的最高峰，1949 年之后，上海也是新中国电影的主力军，吴贻弓参与创办的上海国际电影节，现在每年都在举办，已成国际电影盛会。

在这些年有关电影的活动中，出场时获得掌声最多、得到全场起立致敬的，不是大明星，而是那些备受尊敬的老导演，比如吴贻弓，电影从业者在用明星般的待遇，来感谢前辈的付出与引导。

隔代相传，在喜欢宏大叙事、反思与批判的第五代导演辉煌过后，第六代导演接过了第四代导演的衣钵，贾樟柯、王小帅、娄烨等人的作品里，也大多弥漫着"淡淡的哀愁，沉沉的相思"，第六代导演作品里那股缓缓流淌着的情绪，以及附着于情绪当中的诗意与不安，与第四代导演是一致的。

现在的中国电影已经百花齐放，电影的形态与理念也有诸多变化，但总有人还在沿着前辈导演的电影理想之路行走，拍摄他们心目中的好电影，吴贻弓传出的接力棒，仍然会被不少新导演紧握在手中。

杨宪益
一道文化桥梁断了

2009 年 11 月 23 日，杨宪益先生去世了，享年九十五岁。除了著名翻译家的身份之外，他还是外国文学研究专家、文化史学者和诗人。但在相关的纪念文章和报道中，给我留下最深印象的是这样一句介绍，"《红楼梦》英译本作者"。在"常凯申"流行的时代，杨宪益先生的事业谁来继承，这是一个不得不提的问题。

中国拥有诸多外国文学翻译名家，如林纾、鲁迅、周作人、傅雷、季羡林、王道乾，他们的存在，为"外译中"的历史研究提供了一串长长的名单，与"外译中"的阵容相比，"中译外"显然要势单力薄很多，尤其像杨宪益这样堪称翻译界国宝级的人物，更是为数甚少，他的可贵之处在于，用自己在中西方文化方面的博学，打通了两种语言的障碍，为将中国古典名著尽可能原汁原味地介绍到国外，做出了不可磨灭的贡献。

在杨宪益的翻译书单里，不仅有《红楼梦》这样的最受西方认可的译本，他还与夫人戴乃迭共同将《魏晋南北朝小说选》《唐代传奇选》《宋明平话小说选》《聊斋选》《儒林外史》《老残游记》《离骚》《资治通鉴》《长生殿》《牡丹亭》《唐宋诗歌文选》介绍到了国外。一位翻译家的一生，如果能将一部中国古典名著完整地、准确地用另一种语言诠释出来，就已经是了不起的成就，而杨宪益的译作，却能够排满图书馆书架中的一栏。

杨宪益的翻译观是超前的，有研究者认为，杨宪益倾向于文化翻译观，即翻译行为不再是一种单纯的语言转换活动，而是一种以文化移植为目的的跨文化活动。现在看来，在国际交流日益密切，全球文化趋于一体的形式下，单纯的语言翻译的确已经不能够满足各个国家人民希望加深了解的愿望。最直接也最深刻的理解是文化层面的理解，杨宪益早在 20 世纪 50 年代就用他的行动，把他的事业定义在了文化输出而非语言转换的更高层面上。

杨宪益的翻译思想也是既轻灵又厚重的。他的轻灵一面，体现在对于中国古典名著的举重若轻，在他看来，"似乎没有什么是不可以翻译的"，前提是要自己看得懂，在此基础上再想方设法怎么让陌生的读者也看得懂，就是这两个"看得懂"，就令多少有志在翻译界一试身手的人头疼不已，但杨宪益用他的扎实功底、超然的学术和人生态度，轻松解决了这个问题；他的厚重一面，体现在他在翻译过程中不仅注重消弭文化差异带来的理解偏差，还注重让历史原因、社会元素和心理感受参与到翻译过程中去，因而他的译作，很大程度上具备了语言表达和情感表达的双重分量。

围绕古典名著的"中译外"，中国和国外翻译家都闹过不少笑话，如《水浒传》就曾被译为《一百零五个男人和三个女人在山上的故事》。很多翻译家不敢碰古典名著，就连现当代著作的翻译也会漏洞百出，最典型的便是某大学历史系副主任所著的一书将蒋介石翻译成了"常凯申"。此外，翻译界学术涵养的缺失，翻译标准的混乱以及逐利思想盛行，让"最牛翻译"层出不穷，很多曾有文化理想的翻译作者也沦为快速操作的翻译工具。

翻译家是一道重要的文化桥梁，没有他们的帮助，不同语言的国家达到文化上的相互认同和理解非常困难。在工具主义盛行的今天，更需要有文化底蕴和良知的翻译家，为人们建立起政治、经济之外的心灵沟通。杨宪益的去世，让我们意识到，一道文化桥梁断了，而且这道桥梁还缺乏修补的高手，他留下的译作，很可能只能让后人高山仰止而无法超越，这才是最遗憾的事情。

第二辑

心灵史

《霍乱时期的爱情》
把荣誉给乌尔比诺，把爱情给阿里萨

"您认为我们这样瞎扯淡的来来去去可以继续到何时？"船长问阿里萨。后者的回答是："永生永世！"《霍乱时期的爱情》以这样的对话结束了全部的故事。

在这句对话营造的画面里，可以想象阿里萨在回答船长问题的时候，根本没拿正眼瞧他，那时阿里萨的世界，已经被费尔米纳睫毛上"初霜的闪光"笼罩。

这还真是一对老年版的杰克与露丝啊，虽然他们已经七八十岁，但他们迟来的爱情无法阻挡，在幽暗的船舱内，散发出耀眼的光芒，以及鲜花的香气。

看到这个结局，得有多少读者，为费尔米纳的丈夫乌尔比诺医生打抱不平，他本该是本书的第一男主角的，没想到被"钟楼怪人"般的阿里萨抢了戏。这个花花公子，最擅长做的两件事，其一是从各种诗集、名著中抄袭经典句子和段落，凑进他的情书里，其二就像永不放弃猎物的猎犬一样，随时现身。

从上述对阿里萨的描述，很容易能看出来，我对阿里萨这个人物并不喜欢。无论在书里，还是在对书的各种评价中，阿里萨都不是一个讨人喜欢的人物。马尔克斯在开篇时把乌尔比诺医生塑造成一位名士，却在结尾时把无限光彩，留给了他也不见得喜欢的阿里萨，只能说，一个写作者是他笔下人物的上帝。可是，马尔克斯这个上帝是多么公正和仁慈。

只是，在马尔克斯公正与仁慈的表面下，一颗冷酷的心，却把爱情这颗有时鲜嫩、有时成熟、有时又惨不忍睹的桃子，蹂躏得稀巴烂。他用小说家的笔触写爱情，缔造了无数美好的段落以及令读者呼吸加快的句子，却用哲学家的思维，诚恳地告诉大家，爱情就是一场误会，是趋利避害的选择结果，是虚荣造作的产物，也是人的宿命。

"乌尔比诺是不爱费尔米纳的"，马尔克斯先生，您怎能如此残忍？这句话雷霆万钧，让多少已经无爱的男人，感到眼前一黑，仿佛老底被揭。老马无非是说，乌尔比诺爱上的是费尔米纳的容貌，费尔米纳爱上的是乌尔比诺的名声、地位、财富。

这难道不是许多爱情产生的真实驱动力吗？这是主流爱情模式，没有什么值得批判的，我们中间的很多人，用花哨的说法来掩盖爱情的真相，刻薄一点讲，在许多年过后，谁又能说，曾经真心爱过谁呢？

但作为一个诺贝尔文学奖获得者，马尔克斯描写的爱情，不会停留在庸俗的中年家庭婚恋剧层面，他选择挖掘爱情更不为人所知的真相。费尔米纳在第一次见到阿里萨时，就产生了让他赶紧滚开、离她越远越好的想法，哪怕在几十年之后，阿里萨再次以少年的姿态出现在她面前时，她对他的心态依然没有改变。

这样的费尔米纳我们多么熟悉，大学女生宿舍楼下垃圾桶里那些水分犹在、激情犹在的花束，就是当代费尔米纳们干的。可惜那些男生，没有阿里萨那样的勇气，他们沿着墙脚，选择一个暗处，悄悄地溜走了。

像阿里萨那样的坚持有何意义？小说可以创造一个伟大的故事，可是现实生活，容不下这样的无耻谎言：一个在无数女人床上滚过的男人，竟然暗示他一生都在为自己最初的暗恋对象守贞。费尔米纳笑而不语，爱情在那一刻真的成了"永恒"，一种缺乏现实证据支撑、纯属精神意淫层面的"永恒"。

有人说《霍乱时期的爱情》写尽了爱情的种种面目，读完它，会让那些无论什么时候都对爱情欢呼雀跃的人，幕然安静下来，心里掠过一丝亘古存在的悲凉——爱情终归是个易碎品，是面哈哈镜，是容易随着时间、境遇变化的东西。

人作为爱情的容器，有时收纳困难，爱情四处流溢，有时则空空荡荡，爱情已化为空气溜走。

对于男人来说，认识到爱情的悲凉一面未必不是好事，或许会让男人更为强大，成为爱的魔术师。可惜，大多数男人，在大多数时候，只能做那个值得信赖的乌尔比诺，度过小有摩擦却安安稳稳的一生。至于爱情（那种文学化的爱情）却是属于阿里萨的。把荣誉给乌尔比诺，把爱情给阿里萨，这也算各得其所吧。

《局外人》
默尔索的困境无法得到救赎

　　加缪的《局外人》，读的时候，我为文中塑造的默尔索的形象而震惊。在母亲去世的时候，他非但没有哭，而且第二天就在海边泡了个妞儿，这成为后来法庭认定他杀人罪行的一个证据，陪审团确实也由此认为他是个冷漠无情之人。

　　但按照为人标准看，默尔索还是不错的。他愿意在力所能及的情况下帮助别人，而且不需要感谢。他反感老板，但也能以严格的职业素养要求自己完成分内之事。如果不是后来在海滩因为"帮忙"而枪杀别人，他会默默无闻地过完不起眼的一生。人们在想起他的时候会说一句：那是个孤僻但无害的老好人。

　　默尔索是个矛盾的人。一方面他对艺术尤其是对自然事物有细致的感受力，另一方面他又很迷糊，时常被莫名的情绪驱动去做一些莫名其妙的事。他像个梦游的人，想不明白玛丽为什么会爱上他，但玛丽对他的感情究竟算不算爱要另说。加缪对玛丽并没有进行过多的描述，但感觉上，玛丽也是个莫名其妙的女人。

　　默尔索实在是个令人无语的男人，他的行为态度就是两个字：随便。

玛丽要和他结婚，他说你要想结的话就结好了。老板派他去巴黎工作，他觉得在哪里工作都一样。被判死刑后他觉得辩护律师很好笑，甚至觉得"去死一死"也蛮让人好奇的。

别的不说，和默尔索这样的男人谈恋爱或结婚生活在一起，绝对是乏味得令人无法忍受的事情。女人要求男人时刻要对她们的话语进行回应，同时，男人积极的生活态度对于稳固两性情感必不可少，若是整天爱谁谁的样子，早晚会被一脚踢出门去。

村上春树小说里的男主角，多数是默尔索那样的男人形象。爱上这样的男主角，需要女主角有强大的内心，如此才能搭配男主角酷冷的言行。这样的搭配容易造就好读的小说，它满足了世俗男女想文艺一把的潜在心理需求，但如果被复制到现实生活中，恐怕难以长久，毕竟吃着火锅唱着歌的生活，才更有人间烟火味。

在加缪的存在主义哲学里，人对荒诞的世界无能为力，以荒诞对荒诞才能获得短暂的存在感。我想，现实中喜欢让自己置身事外的男人，并非为了追求那种荒诞感，而只是喜欢那种隔岸观火的感觉而已。

在我们的社会里，默尔索也不会是个例外，你的周遭也会有一些这样的男人。问他们什么事情，他们会回答"无所谓""怎样都可以""过一天算一天吧"。由男人内心深处往外散发的正能量以及这个社会能给予男人的正能量都太少了，许多中国男人甚至失去了以荒诞对抗荒诞的能力，只是随波逐流地活着。

我读《局外人》的时候，对默尔索并没有产生同情心，因为我知道，默尔索困境的产生是无法得到救赎的，他也丝毫不需要别人干涉他的命运。这个人物对我最大的启发是，外在给人的感觉如何并不重要，重要的是，内心的那份热情（还有天真等）不要熄灭，哪怕有烛苗那么大的火光也好，也要挑拨它燃烧起来，不能让内心世界陷入死寂，否则真的就成了行尸走肉。

对待看似"局外人"的男人，既要放开他，也要拉扯他。放开是为了他能在飘忽、迷离中找到安全感，而拉扯则是为了让他的双脚别离开土地跑到云端。这样的男人通常不是废物，可开发的价值很高，就算是阶段性地成为废物，变废为宝的概率也要高出其他男人许多。

但要始终记得这一点：他不是发光体，但是只要有光亮照在他身上，自然会得到更多被折射出来的耀眼光芒。

《美丽与毁灭》
菲茨杰拉德的绝望与悲伤

　　《美丽与毁灭》是菲茨杰拉德所有小说作品中我最喜欢的一部，对它的喜爱程度要超过那部著名的《了不起的盖茨比》。《了不起的盖茨比》写爱情写得更狂热、更浪漫，但精彩之处仅在于盖茨比与黛西重新相见的那一瞬。《美丽与毁灭》不一样，它不但写了爱情，也写了婚姻，更重要的是，写了爱情与婚姻的死亡。

　　《美丽与毁灭》中安东尼与葛罗丽亚的爱情来得有些缓慢，或者说，这两个人是不明就里互相爱上的，抑或说，他爱上了她的美丽，她则爱上了他那点莫名其妙的忧郁与才情。

　　在他们表白的那个早晨，安东尼拿起电话。"早安——葛罗丽亚。""早安。""我打电话来只是要跟你说这个——亲爱的。""我很高兴你这么做。"他克制着自己燃烧的情火，她则保持着女性的矜持。从一开始，他们的爱情便埋下了征服与反征服的种子。

　　安东尼是一个怎样的男人？从一名读者的角度看，这是一个居住在单身公寓、无所事事的青年，爱好洗澡、独自喝酒以及整理自己的衬衣，内心平静地等待自己的祖父去世，等待祖父留给他的巨额财产。

作为交际花的葛罗丽亚曾数度受邀来到安东尼的公寓喝酒聊天——他们并非一见钟情，自然也非日久生情，之所以能够最终彼此吸引，还是因为，双方都玩弄了属于各自性别的伎俩，直白一点地说，双方都以为自己是垂钓者，最后发现的真相却是，自己不知不觉上钩了。

安东尼拥有爵士时代的多数特征，优雅，颓废，纵情享乐。他还是个写字的，在街头咖啡馆大谈文学，在深夜酒馆不醉不归，是资深文艺青年。外表美丽、内心虚荣的葛罗丽亚没有可能真正爱上他，久在社交场合损失了少女情绪的她，很有可能没能力再爱上别的什么类型的男人，婚姻在她看来，何尝不是爱情游戏不可或缺的一幕？

在现实中，葛罗丽亚的原型泽尔达，直到菲茨杰拉德出版了第一部长篇小说《人间天堂》，看到这人不是废物，才嫁给了他。书内、书外充满交易性的婚姻，怎么可能不在短暂的美丽之后走向毁灭。

从安东尼与葛罗丽亚的第一次争吵开始，《美丽与毁灭》开始转入对婚姻令人绝望一面的描写，每一个生活细节都成为冲突爆发的理由。要不要多喝一杯酒再走？要不要挽留酒鬼朋友在家彻夜狂欢？是步行回家还是搭出租车回家？专制与反专制的角色在这夫妻二人身上轮番重演，早期的冲突通常以道歉换来短暂的平静，晚期的冲突则导致离家出走和暴力频仍……

独具中国特色的译者，形容这是对"美国暴发户的贪婪与无情"进行嘲讽，而懂得婚姻残忍一面的人会知道，这是男女组成家庭之后很难避免的世界性难题——婚内疲倦让人绝望。

为了缓和关系，安东尼与葛罗丽亚选择无休止地旅行，在旅行中结识新的朋友，在暂居地接待前来拜访的朋友，这种对现实的逃避，却最终导致他们走向毁灭。

当安东尼口袋空空，连给黑人司机的车费都付不出的时候，爱情和婚姻同时死亡。更加悲剧的是，当祖父的千万遗产归于安东尼名下的时候，饱受打击的安东尼已精神崩溃而无福消受。葛罗丽亚平静了。

这是一个悲伤的故事，悲伤主要来自安东尼。小说讲述了一个男人的尊严是如何丧失的，也讲述了一个女人的爱情是如何枯萎的。安东尼和葛罗丽亚本来应该会有美好的结局，坐在摇椅上慢慢摇的那种，但他们的个性使得婚姻成为牢笼，他们的爱情悲剧和时代无关，和自身有关。

我们这个时代亦不缺乏安东尼和葛罗丽亚式的人物，他们也在时时经受着物质与精神存在巨大差距所带来的煎熬。这样的安东尼们，无法支撑一个家庭的运转；这样的葛罗丽亚们，也无法给予一个家庭柔性的元素，如温暖、柔情、理解。

读安东尼的故事，会让男性读者成长，这个社会没有空间容许男人颓废下去，哪怕你像安东尼那样有才华、有腰缠万贯的祖父也不行。

读安东尼的故事，会让读者对爱情与婚姻有切实的发现，知道怎么去避免糟糕的一面被放大、被扭曲。在诸多世界名著里，爱情总是被讴歌，那是因为，"爱情在舞台上，要比在人生中更有欣赏价值。因为在舞台上，爱情既是喜剧，也是悲剧的素材，而在人生中，爱情常常招致不幸"——（培根《论爱情》）。

如何把舞台上的爱情，转化为日常生活的一茶一饭，对不从事艺术创作的普通人而言，都是学问，值得用一生去学习与探索，只要有学习的劲头和不断反思的能力，爱情还是可以在婚姻里维持美丽的形状，起码不会轻易走向毁灭。

《红与黑》
于连属于"沉默的大多数"

　　作为"来自外省"的异乡人，我认识许多于连式的小青年。很久之前的一位朋友，在 1999 年来北京时就曾以"中国的于连"自居，他生于 20 世纪 70 年代。了解七〇后精神特质的人，会发现他们与于连具备相似的命运与气质。

　　和于连一样，这些最早的"北漂一族"，有的是木匠的后代，有的是杀猪匠的后代，有的是铁匠的后代，除了这些，就是农民的后代。他们在北京站踏下火车的那一瞬间，就被这个城市的繁华击倒，心中有恐惧、不安，也有憧憬和野心。

　　七〇后是营养不良的一代人，和于连一样，他们多外形柔弱，可心里对生活又充满莫名的仇视。在社会为刚刚成年的他们打开大门时，他们怀抱着这柔弱和仇视闯出家门，对于外界，他们有着饥渴的吸食愿望：吸食知识，吸食都市，吸食梦想，用以让自己茁壮。

　　于连的成功欲望极为强烈，他面临着非红即黑的两条道路。在通过正常途径成为一名军官的愿望破灭后，他通过聪明、才华以及对女人的征服，让自己走进了上流社会。但最终木匠儿子出身的他，还是为自己的敏感和倔强所害，死在了对立阶级的手中。

中国七〇后与于连的最大相同之处是出身，最大不同之处是命运。不得不说，中国于连式的小青年比于连幸运得多，刚刚开放的社会制造了大量的机会，这些机会对于努力付出者总是青眼有加。

只是，他们的成功和自己有关，不像于连那样，把命运交给别人再索回时，发现自己的一生是个悲剧。

在爱情方面，于连胆子大得实在有点儿吓人。司汤达将于连追求爱情的动机定位于他想通过女人向上爬。但通过《红与黑》对于连大量的心理描写可以看出，于连在每一段感情都是投入大量真情的。他爱瑞那夫人，瑞那夫人带有母性的爱，给了弱小的于连最初的保护。他也爱玛特儿，他与玛特儿之间的爱情，更像是棋逢对手般的过招，爱情的虚荣与征服、真实与虚假，在他们之间得到了淋漓尽致的诠释。

走上断头台之后，玛特儿买下了于连的头颅，让自己的浪漫主义得到了终极释放，瑞那夫人也伤心地离开人间，为她的病态爱情画上句号。

这个结局是对 19 世纪 30 年代法国小资产阶级命运的最好阐释，也迎合生于 20 世纪 70 年代中国读者的价值观。承受爱情之甜美与痛楚，是那个时代读者喜欢的金庸、琼瑶、三毛等作家的永恒描写主题。

从社会底层向知识分子阶层奋斗，造就了无数于连式的小青年，他们如今成为王小波笔下的"沉默的大多数"。按照年龄计算，这些小青年都成了中年人，到了埋葬青春记忆、守护安稳生活的时候，他们年轻时喜欢的于连，现在恐怕都羞于提起，专属于连的那种愤怒与敏感，恐怕也转化为小心翼翼，他们宁愿让自己幸福而麻木地活着。

在影院里，一些表现青春的电影迎来了一些中年观众。他们默不作声地看完，默不作声地走开，他们的面孔曾是年轻、自负而又固执的于连式的面孔……

《约翰·克里斯托夫》
至死都不妥协

　　因为一个误会，我晚读了《约翰·克里斯托夫》很多年，这个误会是，我错把这本书的作者罗曼·罗兰，当成那个写《罗兰小语》的罗兰了。写《罗兰小语》的那位，是台湾著名散文家罗兰女士，初中时班里无论男生、女生都爱把她的语录抄在笔记本上。

　　由于我抄得太多，至于后来有段时期想到《罗兰小语》就会有吐的感觉。不是说罗兰女士写得有多糟糕，而是长大后觉得少年时的某些情怀实在太矫情。

　　在终于读到《约翰·克里斯托夫》后，阅读心态可以用"饥饿"来形容，厚厚的两卷本，几天时间就读完了，读的时候心中曾无数次赫然长叹，"那写的不就是我吗，那写的不就是我吗"。有人在推荐这本书的时候如是说，它能够穿越时空与国界，能够让不同时代、不同国家的青少年对之产生强烈的共鸣。

　　对此我深以为然。《约翰·克里斯托夫》写的是一个孤独少年的心灵历险，书中人物克里斯托夫能够成长为伟大的人物，在于他能够从内心的痛苦中汲取巨大的能量，并能够时时与自己袒露的灵魂进行交流。

克里斯托夫的一生发生了一连串的爱情，在这点上吾辈无法望其项背。在纯情的少年时代，很多中国孩子的想法，要么受父辈影响，追求老婆孩子热炕头式的传统男人生活，要么受罗兰、琼瑶、席慕容等女性作家的影响，爱上一个女人就死心塌地地想和她过一辈子。

等到成年之后，这些中国男人才恍然大悟，纷纷要补上爱情这一课，但为时已晚。

所以，喜欢克里斯托夫的故事，会有羡慕嫉妒恨的成分在。可读多了他的爱情故事，了解了他为爱情所受的那么多伤，也会觉得，爱情是柄双刃剑，伤人一千自损八百，有时候情史简单也未尝不是好事。

在克里斯托夫一连串的情事当中，莎冰并不是最重要的一名女性，却是给我留下印象最深的女性形象。莎冰是一个寡妇，她对克里斯托夫有着致命的吸引，一个少年对一名成熟女性的憧憬，不自觉地让他为她披上了一层神秘的面纱。

在书里，罗曼·罗兰用最诗意的文笔来刻画着莎冰的样子，她在月色下皎洁如女神，倚门的姿态荡人心魄，她洞察男人以及爱情，万念俱灰之后，又从灰烬中生长出稚嫩的花朵。莎冰与克里斯托夫的爱情，处在刀锋的边缘，有着死神般的诱惑，正是因为此，情欲才被恐惧压制于激动的肉身之内。

后来，莎冰之死为这份充满惊悸的爱情画上了最为悲伤的句号。记得这段故事，曾读得我全身冷冰冰的，第一次觉得，有些爱情比死亡还可怕。

无论对于爱情、友情，还是音乐，克里斯托夫都拥有极其强烈的情感，一般人会承受不住这种情感火焰的炙烤，恐怕也只有伟大的艺术家，能一次次走出情感地狱，死而复生。

克里斯托夫对待友情像对待爱情一样，充满自私的占有欲，童年时期的奥托也好，成年后的奥里维也好，克里斯托夫都像挚爱自己的情人那样，愿意把生命奉献给朋友。

有时会觉得书中有关男人之间的友谊描写有些过火，但想想少年时期，也曾数次有过可以为朋友去生去死的情感冲动，也就释然了，有些情感是超越性别的。现在我们不再相信那种毫无杂质的纯洁感情，是因为我们没有处在那个古典主义时代，那个时代，灵性还在主导着人们的思维与行动，不像现在，灵性尽失，只剩欲望。

读完《约翰·克里斯托夫》，我毫不犹豫地把自己归类于克里斯托夫式的人，只是，我的创造欲可怜地只有他的千分之一、万分之一，甚至更少，但这不妨碍我把他当成自己过去时光的代言人，尽管经历千差万别，不可同日而语，但心灵上曾经发生的那些刀光剑影，却是大致相同的。

只是，克里斯托夫是至死都不肯妥协的人物，而我却在一次次妥协之后成为一名庸常的、幸福的男人。这不可想象，在十几岁时的少年时代，怎么可能会想到自己会成为一个看上去很幸福的男人？难道不应该是一生在刀锋上行走，哪怕遍体鳞伤也会高呼痛快的那种男人？

可惜，少年时的想象与向往总是不禁风吹，所以，像我们庸常的男人，只能在夜晚读完书掩卷叹息一番后，沉沉地进入梦乡，等待第二天那个毫无激情可言的黎明到来。

《月亮和六便士》
走进思特里克兰德的心灵

　　一个美好的黄昏，下了班后你把车停到自家楼下，推开家门，扑面而来的是孩子的嬉闹和饭菜的香气，以及那种专属于家的其他气息。你亲吻了孩子的额头，在沙发上坐下来，等待饭菜摆满桌子。电视里放着热闹但无聊的节目，你就这样静默地看了一会儿，然后对妻子说："我要离开这里，去另一个城市，家里的一切都已经安排好了……"

　　对于一个事业有成、家庭美满的男人来说，要放弃家庭、孩子，以及舒适的生活方式，到一个未知的城市去，还找不到足够强大的理由，这的确有点儿不太正常，但在《月亮和六便士》里，银行家查理斯·思特里克兰德就做出了这样不可思议的抉择，他只是留下一张字条，便绝情地离去。

　　《月亮和六便士》是毛姆最优秀的小说，它的好看之处在于，不但成功刻画了以高更为原型的文学人物，而且说出了很多男人都有但不敢去实现的梦想——为了爱好毅然放弃拥有的一切，从头开始创造全新的人生。

　　这个诠释也许理由不充分，这么说吧，为了让日夜奔腾、无法沉静的心灵找到安然的存放地，为了让灵魂得以在艺术的殿堂中徜徉，他选择用世人认可的幸福来进行置换。

思特里克兰德在巴黎所遭受的苦难，他流落其他国家和城市的离奇遭遇，他最后死于疯狂……我读得如痴如醉。喜欢这个角色，是因为它弥补了我性格中被隐藏的另一面，思特里克兰德如同一位性格充满缺陷却拥有离奇魅力的朋友，你会鄙夷他、痛骂他，却无法不为他孩子一样的心灵所感动。他的勇敢会映照一个男人的懦弱，他的执着会让一个男人羞愧于自己的随波逐流。

读思特里克兰德，是为了了解他，而不是学习他的行为，像他那样做成本太大了，大到无法承受；最为关键的是，很多人根本不具有他那种非凡的毅力。所以，读懂他的心思就够了，看他是如何跳出庸常生活的。

作为一个男人，有太多让自己变得庸常的借口，但是，你也可以想想，怎样在理想与现实之间、在美好与残忍之间，寻找一个中间地带，让庸常的幸福和心灵的归宿互不干扰、协同存在。

只是，这样的想法，是不是太功利了？是不是想要鱼与熊掌兼得？来自理想主义年代的男人，一生都在博弈中，一会儿是现实中要面对的灰头土脸，一会儿是想象中的骑士风采。

而这样的博弈，也终究在"男人要实用"的舆论压力下渐渐泯灭了。中产阶级男人，沉默的男人，压抑的男人，他们时常会有一颗思特里克兰德的心，时常会想到要留一张便条逃之夭夭，但很多无形之手，把他们牢牢地按在原地。

所以，还是做四分之一的思特里克兰德好了，八分之一也行，骨子里要有一点抗争精神，有一点决绝和果断，既现实又文艺地活着，给自己希望，也给别人希望……

有思特里克兰德的心，做踏踏实实的人，这是男人与生活讲和的一种方式。

《荒原狼》
在灵魂废墟上建造美丽的花园

自称"老男人"，是一大批中年男人乐此不疲的事，这个称谓，是中年男人躲避依然身强力壮的事实，通过承认自己衰老来享受一些年轻时所无法得到的东西，比如一些和闲情逸致有关的事物。

承认自己老，和王朔"我是流氓我怕谁"的思路一致，是对现实压力的本能反抗。人老了，尽可以说"我历经沧桑"以示通透，而实际上，这仍不过是中年男人的自欺欺人罢了。

我们身边的"老男人"其实一点儿也不老，相反，"男人四十一枝花"在这个时代得到了最好的验证。你搞不清楚这些"老男人"倚老卖老的目的在哪儿，是吸引女性的一种语言撒娇呢，还是自恋的别样呈现？每次"老男人"之间的相聚，都充斥着烟雾缭绕、酒气熏天，席间遍布欢声笑语，或许，自诩为老，不过是正话反说，想表明自己依然年轻，仍然可以纵情声色而已。

真正的老男人，应有一颗旧灵魂，就像黑塞在他那部著名的《荒原狼》中描述的哈勒尔一样。他严肃、拘谨、常常心不在焉，他胆怯孤独、急躁不安、脸庞冷静又忧虑，他把自己关在狭窄的小房间里，拒绝与外界交往，他的审美与价值观已经固化，排斥一切新鲜事物。他以"荒原狼"自居，和现在的男人以"老男人"自称，有异曲同工之处。

"谁尝过另外一种充满险恶的日子的滋味，尝过痛风病的苦痛，尝过激烈的头疼，这种疼痛的部位在眼球后面，它把眼睛和耳朵的每一个活动都从快乐变成痛苦；谁经历过灵魂死亡的日子，内心空虚和绝望的凶险日子。"在哈勒尔的自述里，他叙述了这颗旧灵魂的累累伤痕，拥有这样的灵魂，才有资格说自己是一位老男人吧。

老男人对爱情通常是嗤之以鼻的，如同毛姆曾说过的那样，一个男人允许自己在爱情方面恣意妄为的年龄应该控制在三十五岁之前。按照毛姆的说法，男人在三十五岁之后再为爱情神魂颠倒，完全是不成熟的表现。

谁会想到像哈勒尔这样的老男人，还会被爱情击中呢？当哈勒尔遇到赫尔米娜，他那封闭的内心城堡被迅速攻陷，固有的观念土崩瓦解。赫尔米娜是漂亮不假，男人都喜欢漂亮的姑娘不假，但让哈勒尔爱上赫尔米娜的真正原因，却是她懂得他那颗旧灵魂究竟需要什么样的抚慰。

她懂得他内心的秘密，她一眼就能看穿他的心灵动向，而他深深为此折服与沉迷。对于来自她的命令，他感到自己只能去执行，内心不但不进行反抗，反而欢呼雀跃着服从。这不是受虐型人格的体现，而是黑塞与张爱玲一样，拥有了对人性的高层次认知，"因为懂得，所以慈悲"。

《荒原狼》是黑塞第二次婚姻失败后的作品，哈勒尔的灵魂之伤，很大程度上也是黑塞的灵魂之伤。愈合这个故事内外两个灵魂伤口的，严格说来，不是年轻貌美的异性，也不是因为爱情，而是懂得。

赫尔米娜以及她介绍给哈勒尔的情人玛丽亚，在一段时间内改变了哈勒尔，她俩在哈勒尔的灵魂废墟上建造着美丽的花园，这座花园生长着各种奇异的花朵，这些花朵散发着由欲望、爱、依赖等复杂情感构成的馨香。

哈勒尔惊奇地观察着自己情感世界的裂变，他难以相信却无力拒绝，旧有的拘谨性格让他排斥情感新世界中冒出的新芽，但春风打开心门所带来的掺杂着困惑的快感又让他沉溺其中。老男人恋爱如老房子失火，哈勒尔没救了，后来他因为忌妒而"狼性"大发将赫尔米娜杀死的结局，也验证了一条存在于人们内心深处的情感规则：不要轻易触碰那些受伤的灵魂，除非能够真正给它以天堂般永恒的安慰。

在现实生活中，也有这样的恋爱禁忌：不要轻易爱上老男人，因为他们的爱多数用完了，因为无爱可用变成了爱无能。但现在的女孩子选择老男人，也不是全部为了找爱而去的，所以，也无所谓他的灵魂是新是旧。

只是，这样的情感双向选择到最后都会变成一种游戏，而且是那种清汤寡水的无聊游戏。

成为老男人没关系，以老男人自嘲就没什么值得大说特说的了，这篇文字想告诉读者的是，年龄可以变老，别让你的灵魂变老，尽量保持它年轻且不被伤痕布满，这样它才能帮助你感受和体会这世界上无法用物质衡量但奇妙无比的爱情、亲情以及其他。

《包法利夫人》
福楼拜笔下最美的疯女人

上中学时读《包法利夫人》，没读懂。现在想来，也许是书里描绘的情感（情欲）世界，离一个少年实在太远。而时至中年后再读它，方能理解书中人物的疯狂与悲凉。

年轻的读者不会喜欢查理·包法利医生这样的男人。在一个男人十几二十岁的时候，想到以后自己的人生会像查理那样被无知、愚蠢、懦弱充满，肯定会崩溃的。

小伙子总幻想自己成年后会拥有非凡的掌控力，要么像个骑士，要么做个绅士，可以解决困扰自己的所有难题，包括如何应对自己爱的女人不再爱自己，遗憾的是，他们中的不少人，还是长着长着就变成了查理那样的中年人。

时间是杀猪刀，查理式的男人开始自嘲自己是猪，在生活这个圈里怎么也蹦跶不出去，按时工作，按时吃饭，按时就寝，对猪圈外的世界失去了一切幻想，认为白马王子和骑士故事是骗孩子用的。

按照中国现在流行的说法，查理连"经济适用男"都不算，他对包法利夫人爱玛而言，只是一个召之即来、呼之即去，能提供基本温暖的家庭附属品。

福楼拜把爱玛写成了一个疯女人，一个喜欢幻想，热爱浪漫，没有爱情一天也活不下去的女人，可是作家也太过残忍，让爱玛一次次陷进感情旋涡，却不让那些风月中人、浪子、流氓被她的爱情感化，带她跳脱自己不喜欢的生活，在爱玛接二连三遭遇感情打击之后，她真的疯了，但查理仍然没有放弃她，反而为她黯然神伤、心力憔悴。

屠格涅夫说过一句名言，"没有完全的平等就没有爱情"，以此说法，查理除了在新婚那几天品尝过爱情的甜美滋味后，就永远而且彻底地失去了爱玛的爱情，查理毫无边际的宽容几乎可以等同于无知，毫无底线的原谅会让人觉得这个男人就是个受虐狂。读者在读这个故事的时候，也难免对他口出讥讽："你认为你是耶稣吗？"只有耶稣才能背负如此尖锐的荆棘，能经受住鞭子的猛劲抽打。

读多了名著作家的作品，发现这些文字天才对爱情的定义真是五花八门，按照司汤达"爱是可以宽恕一切的"这个标准，查理在爱情中所处的不平等地位，也算是爱的一种。

他能怎么办呢？爱玛好看，有气质，喜好贵族世界的繁文缛节，爱好幻想，但这恰也让她拥有了迷离之美。对于土包子查理来说，这等文艺女青年恰恰是他的命门，逃也逃不过呀，从情爱心理学的角度看，查理至死不放弃爱玛，何尝不是为了满足自己的占有欲？

《包法利夫人》在今天仍具有一定的现实意义，它提出的一个问题值得一些男人思索：遇到爱玛这样文艺至死的媳妇到底该怎么办？皆大欢喜的做法是，爱她就放手给她自由，让她在她的情爱世界里尽情漂浮，也让自己的灵魂回归肉身，别让两个人都痛苦。

当然，这个理智的选择在双方都清醒的前提下可以提倡，如果真遇到类似爱玛那样精神失常的极端案例，恐怕男人还是要尽好自己的守护责任，这个时候的行为已和羞辱无关，而是一个男人最珍贵的人格闪光。

名著里的故事毕竟有着大幅度的虚构，现实一点看，在这个水深火热、爱憎分明的世界中，查理这样的男人存在的概率并不高。当《包法利夫人》中的这个男人走进现实生活，他无法再像两百年前的查理那样背起沉重的感情十字架。

感谢这情感注水以及爱情功利化的时代吧，这个时代的爱情甜蜜也一如既往地甜蜜，却丢失了过去爱情被附加的种种痛苦。放在今天，爱玛或许不会因为不切实际的幻想而把自己逼疯，她大可以做一辈子单身女性，像杜拉斯那样，永远活在爱情中。

回头再看查理，他是个好男人，虽然窝囊，却是被爱情所伤的女人的最好和最后归宿。中年后读《包法利夫人》，觉得福楼拜既没有批判爱玛，也没有嘲讽查理，他写的是男女情感世界里一件疯狂的小事。

《悲惨世界》
爱情始于误解，死于了解

爱情产生于误会而不是了解，我越来越这么觉得，这个发现不新鲜，因为很早很早之前就有人说过，"爱情始于误解，死于了解"，之所以老调重弹，是因为重读《悲惨世界》，发现雨果曾经很深刻地阐述过这个道理。

冉·阿让带着女儿珂赛特过着逃避追查的生活，他们只可以在固定的时间内到公园去散步。女儿挎着父亲的胳膊，或者陪伴着父亲坐在公园长椅上，这本身就很吸引眼球，父亲紧张地提防着周围"不怀好意"的男青年，而春心初萌的女儿则时时想逃离父亲的监管，挎上意中人的胳膊，躲到意中人的怀里。

革命青年马吕斯注意到了珂赛特，对于他来说，这是一对神秘的父女，吸引他的不仅是这对父女身上散发的神秘气息，更是那个漂亮姑娘急于求偶而流露出的带有强烈暗示性的气场。马吕斯着了魔似的每天去公园，想方设法要接近那个姑娘，他们的传情媒介是空气，也就是说，在他还没向她表白的时候，他们就已经死心塌地地爱上了。

青年人的爱情很容易就这样，于无声处听惊雷，于想象中海誓山盟，当好梦成真，接下来的就是用现实来弥补此前想象中建立起来的恋爱阁楼，把那些没边的想象逐个地变成现实。雨果在描写两个年轻人互生情绪的时候用了不少的篇幅，但重点不在这儿，重点是他借这段故事抒发了他的爱情观点。

雨果的观点大致是这样的。一个年轻的女子，爱上的第一个男青年很重要，她对他一无所知，仅仅凭借外貌或者眉眼间的交流，就芳心暗许，只要有合适的机遇，他们就会迸发海啸般的感情。这个男青年的品质，决定了她的第一段恋爱质量，并会很大程度地改变她的生活方向，遇到老实人，就会过上平淡稳定的生活，遇到小流氓，就会整天沉浸于后悔沮丧……

记得读完这段故事和雨果的感慨，我沉思了良久。一方面是钦佩雨果不愧是大师，可以如此通透地点出爱情产生的本质所在，另一方面是设身处地地替男人设想——男人会被爱情改变多少。在他们意识到爱上一个女人的时候，会觉得自己是在让一个人的生活转弯吗？他会为以为改变了一个人的命运而觉得身兼重任吗？

对于大多数年轻男子来说，恋爱就是恋爱，在爱情开始时是不会想那么多的。他们满脑子的想法是，如何把姑娘带到僻静的地方，去吻她们的头发、脖子和唇，如果在这个过程中，哪怕有一半时间在考虑如何跟她过日子，柴米油盐，吵架生子，恐怕恋爱的热情也会被打消一半吧。

或许是上帝就是这么安排的，爱情就是一场遭遇战，一个男人和一个女人遇到，第一本能反应就是"开火"，而不是花时间计算得失、预测过程和结局。短时间敲定的"战果"，以后再花时间来总结，反正婚后有的是时间，这不，已婚人士吵架时，吵的不都是恋爱时的那一点你尊我让、你得我失或我失你得吗？

多数人的爱情，都是匆匆忙忙产生的，这其实挺好。多数人的爱情，以误会开始，却不一定以了解结束，因为我们中间，的确还是有百分之七八十为这误会埋了单，因为年轻时的许诺，因为热恋时说的那些蠢话，因为一些过去的曾经的共同的愿望，我们隐忍自己，口中不断抱怨，这不是放弃不了某个人，而是愿意花更多一点时间去考验承诺的含金量。

　　就这样，考验着考验着，一生就过去了。

《安娜·卡列尼娜》
老托尔斯泰的骚动之心

渥伦斯基第一次在车站看到安娜，惊讶于她的风情万种，对于身边不缺女孩子围绕的渥伦斯基来说，安娜的美是成熟而陌生的。男人在二十岁露头时，会心醉于这种体验，在他们那里，大他们四岁的女人，是一个崭新的世界，那个世界不是花园，而是果园，很多男人之所以会在电光石火之间变成真正的男人，就是因为他们一脚从花园踏进了果园之中。

放在现实之中，安娜式的女人不会对年轻于自己的男子一见倾心，那时他是一位年轻帅气的青年军官。电影在表现安娜初次见到渥伦斯基的心态时使用了这样一个画面：车轮启动，擦动铁轨，整个银幕都是摩擦产生的火光。这是电影艺术的夸张，是驱动整个故事的必要设计，如果非要这样安排，我宁愿相信，是渥伦斯基点燃了这场爱欲之火。

在这场爱情中，渥伦斯基是吸食者，爱情的汁液让他满足、痛苦、充满矛盾，转而到害怕、恐惧、逃避，这是所有激情式爱情的统一归途，是男人的宿命。理性作为男性独有的性别特征，会使他们无论多狂热，也永远会绕火而行。

如果安娜未死，渥伦斯基会成为无数庸俗男人中的一个，但安娜用自己的死对他的灵魂进行了一次洗礼，他或许还不明白什么是女人，但起码会对爱多懂得了一些。

　　再次想到这个故事，我忍不住做了一个假设，假若渥伦斯基遇到安娜时，不是安娜大他四岁，而是他大安娜四岁，会是什么样的结局？第一个最有可能的结局是，在车站，安娜那一抹微笑的确让他赏心悦目了几秒钟，但旋即他克制了自己，因为有更重要的事情去做，会警告自己现在不是泡妞的时间。第二个最有可能的结局是，他们短暂相爱，转瞬分开，彼此想念，就像《廊桥遗梦》。

　　老托尔斯泰会在他的书中这样写吗？当安娜对这个年长她几岁的渥伦斯基动心并有意魅惑时，渥伦斯基微微一笑说："对不起妹子，哥老了，我们不谈爱情好吗？"安娜这时也许这样回答是最好的："滚犊子，我老公是高官，哪有工夫理会你？"于是，现世安稳，岁月静好。

　　但老托尔斯泰会这样写吗？他借助渥伦斯基这个形象，在尽情抒发自己那颗不老之心的骚动，骗了世界各国的读者，告诉他们尽管爱情衔接着无数的悲伤与痛苦，仍然值得人们投身其中，死了都要爱。

　　曾有一位四十来岁的老男人对我说，自己巴不得赶紧老去，在现在的基础上老一些，再老一些，如此便可"清新脱俗"，不再为爱动心，因为爱的另一面，有着无数的责任与麻烦，而他只想孤独终老，不用为爱神伤。

　　盼望自己早点老去的男人，恐怕都是情伤很深的男人吧，否则好好地活着，怎会恐惧爱？安娜卧轨后，渥伦斯基受到良心的谴责，志愿上前线参战，但求一死，对于这个男人的结局，只能说这是爱的代价，或者，年轻的代价。

《我的一生》
卡萨诺瓦是天使与魔鬼的结合体

我在中国电影公司旁边的一家旧书店，把卡萨诺瓦先生的自传《我的一生》打捞了出来，此后一周我都在阅读它，这是一本读后想把它藏起来的书，如同海涅曾对它的评价，"我不愿意向我的爱人推荐这部回忆录，但愿意向我的朋友推荐"。

海涅何出此言？原因很简单，它是一本教唆意味很强的书，赤裸裸的欲望蒸腾，直白的情色描写，不仅男人看后容易犯坏，女人看后也会蠢蠢欲动，此书太不符合卡萨诺瓦作为一个道德家的身份了——如果"道德家"这个名头真如我们想象的那样，是"道德高尚"的代名词的话。

卡萨诺瓦是天使与魔鬼的结合体，一面是诗人、神父、学者、音乐家，另一面是赌棍、嫖客、逃犯、骗子，一个男人的两面性在他身上得到了淋漓尽致的体现。如今卡萨诺瓦式的男人在生活中很难觅到踪迹了，现代社会大多数男人，优秀的一面乏味可陈，恶劣的一面也远达不到罄竹难书，也只有自由年代才能培养出卡萨诺瓦这样的奇葩，负重前行的桎梏年代，把男人变成了活生生的囚徒。

所以，作为一名为"活着"而挣扎的男人，在书中遇到这位放荡不羁的男人，会忍不住对他说一句，你好，卡萨诺瓦，我很羡慕你们生活的那个年代。

卡萨诺瓦一生爱过一百三十二个女人，另有一说一百一十六个，是名副其实的大情种。有种理论说，无论男人、女人，真正刻骨铭心的恋爱，一生只有一次。这种理论会在卡萨诺瓦那里土崩瓦解，因为这位先生几乎每段恋爱，都可以用"全神贯注"来形容，但切莫为他的某段恋爱所感动，几页读过之后，会发现他的激情来得快消失得也快，爱上这样的浪子，注定是会受到伤害的。但卡萨诺瓦笔下的女人，少有因为被他抛弃而痛不欲生的，相反，大多都平静地接受了现实，不知这是否属实，还是卡萨诺瓦在书中为了减轻自己的负疚感而刻意没有记录自己对那些女人的伤害。

很多作家在作品中刻画过传世的男性艺术形象，卡萨诺瓦也不例外，只不过他笔下令人印象深刻的角色是他自己，在坦率程度上，他一点也不亚于写过《忏悔录》的卢梭，但他比卢梭要真诚得多，因为卢梭的忏悔不可避免地带有为自己开解的色彩，而卡萨诺瓦则很少在作品中为自己的画像上色，即只记录自己的言行思想，而从不通过评论自己来影响读者对他的判断。

可以说卡萨诺瓦是个坦诚的男人，18 世纪的欧陆社会充满虚荣、浮漂，男人多装腔作势，混蛋卡萨诺瓦能吸引女人，坦诚成为他攻破女人防线的重要武器。

卡萨诺瓦和罗兰所著的《约翰·克里斯托夫》中的主人公约翰·克里斯托夫有诸多相似之处，他们都细腻、敏感，有艺术天分，他们的心灵活动大致相同，倾心于美好的事物，并乐于去追逐，甚至连脾气都一样，温柔起来像个王子，暴躁起来像头野猪。

剔除掉《我的一生》中有关情色描写的部分，会发现它立刻变得干瘪无力，但有一段无论如何也值得记一笔，即他与布拉尼基伯爵因剧院里的口舌之争而决斗的故事。决斗起因之草率，决斗过程之惨烈，决斗结束两人都重伤后彼此的惺惺相惜，让两人的骑士风采都得到了展现，这是货真价实的"像个男人那样去战斗"。

卡萨诺瓦的存在，让流氓与绅士之间的界限变得模糊了，因为你无法定义这个多变的男人，究竟是善良还是邪恶的，卡萨诺瓦式的男人，或已成为已经消亡的物种，伴随那个马车时代一起湮灭在时间长河里。

《堂·吉诃德》
扛起理想主义的大旗

少年时读《堂·吉诃德》，觉得书里的堂·吉诃德幼稚、搞笑，桑丘·潘沙忠诚、老实，那时不懂什么叫理想主义，只是隐隐觉得，以后不能做一个和风车决斗的人，要实用一些，与无意义的事绝缘。

长大一些才知道，我们这一代学生都被语文老师误导了，根本没懂书里对阶级差别的批判，体会不到堂·吉诃德生存的困苦和内心的困境。在校园和社会都充满实用主义的情况下，一个中国男人崇拜堂·吉诃德很容易被当成神经病，大家的目标都很明晰准确，谁会为了一个虚无的目标而奋不顾身地上路呢?

成为一个中年人后明白了这样一个道理：男人在年轻时还是要有一点堂·吉诃德精神的，要对诗有热情，要热爱人民（哪怕人民在心中只是个浮漂的符号），要有胆量打抱不平，做社会公平的监督者……但人到中年之后，男人却要竭力避免成为堂·吉诃德，要挤破诸多不切实际的幻想泡沫，要理智，要熟悉方法论，别做蠢事……

遗憾的是，我们身边的生活中，充满了拥有中年命运仍停留于青年思考水平的国产堂·吉诃德。他们的共同特征是，已经向命运妥协投降，没有了奋斗动力，却仍然保持着不切实际的幻想，期待天上能掉馅饼。

没有能力，但火气奇大，满腹抱怨，认为自己是埋没尘世的天才。他们像堂·吉诃德见到风车就会挥舞长矛冲上去作战一样，遇到哪怕不过是一丁点儿的挫折，也会冲上去与之撕扯，只不过他们的武器不是长矛，而是絮絮叨叨的长舌。

在国产堂·吉诃德眼里，一切都是可以挑剔的，晚饭没有及时做好，在他们看来这是无法忍受的事情，大丈夫岂可一顿不吃？老伴儿从菜市场回来多买了几棵白菜，也会让他们觉得不可理喻，为啥买那么多白菜，而不是土豆、茄子、辣椒都买一些？买菜大婶对于无能的堂·吉诃德自然也没好脸色，于是，无数个中午或黄昏，许多家居防盗门的后面，都在上演着国产堂·吉诃德大战白菜大婶的戏份。

堂·吉诃德在他的国家和他故事发生的那个时代是不被理解的。同样，我们身边无数堂·吉诃德式的中年男人，也是不被理解的。他们和堂·吉诃德一样具有两面性，一方面是还保留有想象的能力，自认为"天降大任于是人也，必先苦其心志"，另一方面却畏缩于生活背后，不敢冲出去做一个攻城略地的勇者，只敢在自己的一亩三分地上叫嚣、愤怒，然后悲伤、无助。

避免成为一个时不时心灵上会受伤的堂·吉诃德，是每个男人在进入中年时要做的功课。要适当保留理想主义和浪漫主义的旗帜一角，用于记忆和怀念自己的青春，但也要适时地与之告别，做一个沉默的、实干的普通中年人。没人要求每个中年男人都要取得世俗意义上的成功，但起码不能成为负能量的载体。

那把作为武器，拥有象征意义的长矛，不要把它丢掉，让它生锈，还是把它打磨得亮堂一些，向琐碎、无趣的生活宣战吧，要让人觉得，这个堂·吉诃德虽然柔弱，但姿态上起码还值得依靠。

《情人》
杜拉斯的过度敏感

　　假若，我是说假若，杜拉斯在湄公河上遇到的那个黄皮肤男人，也是个作家的话，那么他会怎么写那个十五岁的法国女孩儿。"与你那时的面貌相比，我更爱你现在备受摧残的面容"，《情人》开头这句话被许多人引用和传诵，其实，换作故事的另一主人公来写，一样有震撼人心的效果。

　　杜拉斯的中国情人，在她的笔下是病态的、柔弱的、若隐若现的，她甚至吝啬于说出他的名字，只是在书中一次或两次道出他的姓氏。有评论从社会文化、情感心理的角度，评析了《情人》中所带有的种族歧视色彩，这或许是一种过度的敏感。那不过是一个少女的傲娇和一位女作家的自恋的综合呈现而已。

　　杜拉斯是真心爱过她的中国情人的，当她在他的资助下，坐上由越南返回法国的渡轮后，意识到今生可能再也无法和他相见，想到他曾给予的恩惠和保护，忍不住哭了起来。到小说结尾，杜拉斯之爱仍然是少女之爱，她写下这个让人揪心、痛苦的故事，不过是记录自己生命里一个短暂的片段。

大她年龄一倍的中国情人会为她感到痛苦吗？在杜拉斯的描述下，他是会的，他对她充满占有欲，会为她忌妒，恨她但无法不去取悦她。她是他的洛丽塔。

但若论痛苦的程度，他会弱于她许多，这么说是因为，除却那个白裙小姑娘，他的世界还有家庭、商业、酒楼、鸦片……当小姑娘以操纵他的欲望为乐时，却忘记了，他同时可以被更多的事物操纵或反操纵。

老男人恋爱，如老房子失火，不失火则已，一旦失火就会难以自控。对于过早体会命运气质、充满颓废的中国情人来说，杜拉斯是他这所老房子的一把小火苗，时不时地蹿出来炙烤他的心肺，但他无法燃烧，因为他面对的是一份不对等的爱情，是一次欲望的走火入魔，而不是传统意义上的门当户对、琴瑟和鸣。

对于年轻的女孩儿，中年男人总会有又爱又惧的复杂情感，他们喜欢她们的光洁、干净，还有体内蕴藏的旺盛生命力，但又惧怕无法与之产生同等的热情与欲望，她们是行动迅疾的小兽，他们则是疲倦的猎手，彼此远隔遥望最好。这世界上最大的误会之一，恐怕得增加这一条：男人都喜欢年轻女孩，其实不过是莫须有的欲加之罪而已。

"他说他和从前一样，还爱着我，他不停止对我的爱，他将爱我，一直到死……"写到这儿的时候，杜拉斯的虚构到达了最高境界，这是许多女作家的通病，或是情爱小说的通病，即不敢面对爱情的消亡。

当杜拉斯幻想着老了之后与中国情人再度相逢的情景时，那个中年男人或许是直到躺在坟墓前，都没产生过再见她一面的愿望。在情感世界里，女人的房子是茅草搭就的，而男人的房子是水泥浇筑的，后者的情感一旦变得死寂，就很难再有风吹草动。

在另一部未能完成的小说里，中国情人在晚年会想起渡河上遇到的那个异国女孩儿，会觉得自己曾为她忌妒发狂而觉得可笑，他曾经想过在回忆录里留出一个片段来记录这段荒腔走板的艳遇，但想想还是难以穿越那条伦理之线。

真实的情况是，那本回忆录根本不会面世。假若，我是说假若，当他看到有本小说写到的男主人公比较像自己，他是否会苦涩一笑，在心里问："那是我吗？"

《愤怒之船》
该死的糖饴布丁

　　有这样一个男人，粗鲁，酗酒，身上穿着破烂的衣服，还散发着令人难忍的气味，他经常被当地的治安官员训斥一通，和不明不白的女人搞在一起，他是岛上人人见了都要退避三舍的家伙，是"混蛋"的代名词，要是有特别优秀的女人愿意嫁给他，除非是神明显灵。这个男人叫金吉。

　　岛上有个教会负责人，他有一个妹妹也信教，穿着朴素的服装，性格过于传统，同时敏感又拘谨，是个老姑娘。老姑娘十分爱惜名声，会主动回避一些麻烦的场合和麻烦的人，保持着小岛上层阶级的矜持，说白了就是高不成低不就吧，一直没能嫁出去。这样的姑娘放在哪儿都挺愁人的，因为没人能说服她勉强把自己嫁了。这个老姑娘的名字叫琼斯。

　　为了请来给哥哥割阑尾的医生，琼斯小姐不得不搭金吉的船去另外一个岛，路途中遭遇船只推进器损坏，不得不停靠在一个无名小岛上过夜，以等待天亮维修船只。

　　于是，小岛之夜成为令人担忧的一夜，琼斯小姐知道自己遇到危险了，金吉这个恶人一定不会放过她的，另外还有同行的几个男性船员，谁知道他们坐在篝火边喝个烂醉之后会发生什么？

作为读者，也情不自禁地以为琼斯小姐凶多吉少，对于金吉这样的家伙，我们在文学作品里看到的多了，他们无恶不作，不放弃任何一个侵犯别人的机会，别拿法律和道德来约束他们，因为犯罪之后他们很快会逃之夭夭，在另外一个混乱不堪的地方换个名字继续为非作歹。

这真是惊心动魄的一夜啊，琼斯小姐把各种糟糕的结果都想到了，内心已经痛不欲生，直到天亮才松开握在手里用于防备的剪刀，然后昏昏沉沉地睡去，醒来时发现身上多了一件男人的外套。

预料之中百分百要发生的事情没发生，而根本想都没想到的事情却发生了。金吉某天收到了一个包裹，打开后发现如下物品：一套帆布衣服、一件网球衫、一双短袜以及一双鞋子。过了几天，他还收到了一份晚餐邀请，没错，送出礼物和邀请晚餐的人，都是琼斯。

从世俗的角度看，琼斯小姐这是要谢恶人的不杀之恩啊，但从爱情的角度看不是这样，经过那风平浪静的一夜之后，琼斯小姐爱上了恶人金吉，老姑娘主动射出丘比特之箭。

该是答案揭晓的时候了，我们可以作为旁观者采访一下金吉先生："难道那天晚上你一点儿非分之想都没有吗？"金吉的台词应该是这样的："这是根本不可能发生的事！琼斯小姐睡得那么甜美无助，除了给她披上一件外套，我都不敢靠近她。"

琼斯由此推断，金吉是有自控力的人，但简单以这一个理由就决定嫁给他，也太草率了吧，不过在琼斯红着脸补上这一句之后，我们大家就都可以理解了，"这些红头发的人通常都有力"。

上面复述的故事，是英国作家毛姆的一个短篇，名字叫"愤怒之船"，这是一个可爱的故事，它可爱就可爱在，讲述了爱情的必然性和不可控性。

如果琼斯哥哥的阑尾没有发炎，琼斯小姐就不会搭上金吉的船，如果船没有半路坏掉，就不可能有那紧张的一夜，这就是琼斯小姐和金吉之间发生爱情的必然条件。如果没有这样的背景，琼斯小姐是无论如何都瞧不上金吉的，但恰恰是她以为金吉一定会干的坏事而没有干，让她爱上了他。

爱情的不可控性，更多地体现在了琼斯小姐的身上。这真让人感慨，女人爱上一个男人真是没有缘由、不问出身、奋不顾身的，她怎么知道金吉就一定能改造好呢？要知道，之前他可是劣迹斑斑，他的身体的确强壮有力，但这对严肃拘谨的琼斯小姐来说，身体条件的魅力真的如此之大？不要试图给一个女人的爱情打那么多问号，事实上是当她爱上一个男人时，总会找到她觉得无可挑剔而在别人看来十分可笑的理由。

但这个故事又是成立的，大家读完都会由衷地觉得，她就是应该嫁给他，在他明白她的情意之后，她已不再是枯燥的老姑娘，而成了他心里的神。

不妨看看他对旁人说的一句话，没有比这更好的表白了："我已经决定和那该死的女人结婚了，就这样。你不知道让那些悲痛的罪人发出忏悔时的快乐。天啊！那女人还会做糖饴布丁，我从小到大也没能吃到那么好吃的糖饴布丁。"

看看吧，该死的不是琼斯小姐本身，而是她做的糖饴布丁，这个该死的糖饴布丁，让金吉回忆起了"妈妈的味道"，可能还想到了他和别的男孩儿无异的美好童年。

他爱糖饴布丁，所以也爱做了糖饴布丁的女人，这是典型的男人逻辑，能有这么一个高贵的还有一门手艺的女人愿意嫁给他，不答应才是蠢蛋。

爱情的宏大，会让一个个细微的东西都散发出不一样的光辉。对于金吉来说，奇迹发生了，他与过去彻底告别，学会了穿西装、打领带，吃饭不吧唧嘴，把胡子修剪得整整齐齐的时候，看上去还是个绅士。

没有人知道他的过去，知道他过去的人也忘掉了他的过去。琼斯小姐这时候一定开心死了，女人天生有改造男人的欲望，还有谁比琼斯小姐的成就感更强？她完全用自己的能力，把一个潜在的"强奸犯"，变成一个温情有力的居家好男人。

这个故事自然以喜剧结尾。别忙，还有"彩蛋"奉上，知道琼斯小姐的新婚计划吗？她对岛上的长官说："如果你愿意将汽艇借给我们，我们便打算去曾共度一晚的那个荒岛。我们都有一些美好的记忆留在那里。我也正是在那里才第一次发现了金吉的好。我想要去那里奖励他。"

天哪，琼斯小姐居然使用了"奖励"这么性感的词。

第三辑

光影梦

《少年派》
少年李安的呼喊

　　《少年派的奇幻漂流》的 原著是公认最难拍成电影的小说，因为少年与虎单独在海面上相处的那些戏份，很难用镜头表现出来，但看完电影之后觉得，李安已经转移了故事的看点，海面上的戏好看与否不再特别重要，尽管李安把那些画面也拍得美妙绝伦，但观众看到的更多是少年那颗纯真的心。

　　和卡梅隆拍《阿凡达》一样，拍《少年派》这样的电影，需要专属少年的那种蓬勃瑰丽又不乏细腻趣味的想象力，李安的想象力让夜晚的海洋变成了天堂，无论是暴风骤雨、霹雳闪电，还是碧波万顷、波浪不惊，李安都通过镜头赋予大海丰富的生命力，这些以 3D 形式呈现的漂亮画面，是《少年派》最大的甚至是唯一的商业噱头。

　　只有看过电影，才会明白李安为什么会费尽周折来选择男主角，派的扮演者骨骼轻灵、眼神清澈、心灵敏感，在个人气质上和李安有许多共通之处，所以，少年派的奇幻漂流又何尝不是少年李安的奇幻漂流？掌控力强的导演会把别人的作品变成自己的，《少年派》就是一部风格完全李安个人化的电影，派的呼喊，完全有可能是少年李安某个时期的心灵呼喊。

少年与虎如何熬过海上的漫长漂流时光？人与虎又怎能在短时间内成为朋友？尤其那只虎还饥肠辘辘？用理性的思维看，这个故事是很难成立的，但也因为它的难成立，才有了传奇色彩，因为冒险成分特别突出，才让它脱颖而出，在可信与不可信之间，戏剧性得到了充足的施展空间，也给创作者增添无数融入自己思想的余地。

李安让这部电影充盈着少年情怀与诗意，但他懂得仅有这些电影难免飘忽轻浮，电影结尾时呈现为令人意外的残忍也就难以避免。如电影结尾所提出的命题：一个故事有两种讲法，一种讲法虽虚假但美好，一种讲法虽真实但残忍，你喜欢听哪一种？电影里的作家选择了美好的讲法，银幕下的观众也多会选择美好的讲法，因为我们人类都喜欢故事，喜欢在故事中发现人性得到感悟，然后呢？我们会默默摒弃那些不好的信息，像猫用猫沙盖住自己的粪便那样，用美好遮掩那些会让我们感到疼痛的残忍。

其实无须劳累观众，李安已经替我们选择好了，一位有着安静心性的导演，他的镜头又总是那样清新开阔，作为艺术品的电影又有着强大的暗示性，人们会陶醉于人与虎的紧张交锋、大自然的神奇美妙，人们迷恋着一个又一个书写于图书中、影像里的虚构故事，但对了解真相保持着麻木的本性，如同孔雀展翅同时会亮出羽毛与屁股，选择观赏羽毛是本能选择，何况有"导游"在那里尽情盛赞羽毛之美。

作为喜欢"大团圆"结局的观众来说，派与虎成功获救，虎在跃入森林前如他所期盼的那样，回转头来冲他深情地嘶吼一声，完成道别的仪式，如成年派所说，这个道别会让一切变得有意义，因为自此一别，就永不会再见。就在观众畅想着拍续集时派会去森林寻找虎时，电影已经急转直下，这时大家才会如梦如醒，虎的不辞而别才是现实这盆冰冷的凉水，泼在了梦想这个滚烫的想象物身上，留下的尖锐嘶鸣刺人心魄。

《天才捕手》
天才多少都有点儿魔鬼的面孔

在某段时光中，与心仪的作家碰面，聊一聊文学，酒喝得开心了，关系走得近了，顺便再聊一聊文坛、情感八卦，是不是一件挺有趣的事？伍迪·艾伦在《午夜巴黎》中就曾畅想了一把。

迈克尔·格兰达格导演的《天才捕手》也有着这样的情节安排，只不过在《天才捕手》中出现的文学大师，比《午夜巴黎》要少一些，但能够看到托马斯·沃尔夫、菲茨杰拉德、海明威这三位，对于喜欢他们的读者来说，也值得面带微笑去关注。

我个人更期待菲茨杰拉德的戏份，《了不起的盖茨比》《美丽与毁灭》《人间天堂》都曾让我在阅读时能够投入足够的时间，并且愿意沉湎在他营造的颓废文学氛围里。但在《天才捕手》中，菲茨杰拉德的饰演者并没有展现出十足的魅力，他与泽尔达在片里打了个酱油。

毕竟是沃尔夫与他的编辑麦克斯·珀金斯的故事，裘德·洛的表现才是衡量这部电影是否成功的关键。在片中，沃尔夫是个精力旺盛、热情四溢、略有点儿神经质的家伙，这样的人天生应该是个作家，因为才华，他的旁若无人、桀骜不驯，也变得可爱起来。

"天才多少都有点儿魔鬼的面孔"，沃尔夫在成名之后，有段时间狂傲得不可一世，对给予过他巨大帮助的珀金斯，也有过不屑与背叛。对应沃尔夫，珀金斯则敦厚、和善得像位天使。科林·费斯非常棒地诠释了这个角色，乃至于在他表演的时候，时常会让人感觉到珀金斯的背后有洁白的翅膀扇动。

用中国影视剧当下流行的套路来看，沃尔夫与珀金斯无疑是一对"好基友"，他们各自的妻子对待这种非同寻常的关系，都抱有强烈的质疑和深深的忌妒，沃尔夫的妻子甚至闯到珀金斯的办公室，试图枪杀"情敌"……但格兰达格导演，压根没有渲染"基情"的意图，《天才捕手》的情感内里是正经的、严肃的。

在第一个层面上，珀金斯对沃尔夫的欣赏，是商人式的，如同掘金家发现一个富矿，"一辈子只能得到一次"，这样的机会，珀金斯不会放过，他的专业精神，他对出版的热爱，以及他对公司盈利的追求等，都不允许他错过沃尔夫，他们的合作，在商业上是天作之合。

在第二个层面上，沃尔夫的超凡个性和精神气质，恰恰弥补了珀金斯所欠缺的一面。他们是两种完全不同的男人，珀金斯喜欢并欣赏沃尔夫身上离经叛道的地方，但作为在家庭生活墨守成规已经惯性的中老年男性，他在行为能力上，已经没法像沃尔夫那样酗酒、泡妞、我行我素，但在内心冲动中，珀金斯仍然渴望拥有沃尔夫那种永远属于小伙子般的叛逆与冲动，在一脚踹碎沃尔夫曾经租住的房屋的窗户玻璃时，那是珀金斯与沃尔夫走得最近的一刻。

但归根结底，珀金斯对沃尔夫的喜爱，是父亲对儿子的宽容甚至溺爱，他对沃尔夫的批评，也是一位父亲对儿子式的"恨铁不成钢"。为了让观众明白这一点，导演有点儿刻意地突出了珀金斯有四个女儿、缺少一个儿子的遗憾，并含蓄表达了珀金斯身上的父性。

就是这样，合作上的互相需要，性格上的互补，乃至人性幽暗深处的契合，使得珀金斯与沃尔夫的组合，成为一个文坛传奇。影片花费了不少的篇幅，来表达编辑与作者之间的改稿过程，潦草的手书、古老的打字机、红色的删改笔、装帧精致的出版物，把 20 世纪 30 年代那种人人热爱文学的浪漫氛围，良好地呈现了出来，影片因此拥有了一股独特的文化保守主义的审美，对应当下写作与阅读均快速数字化的环境，给予了观众一种微妙的观感——它能够激发观众的怀旧情感，并于内心深处产生一种时代对比的冲动，得到故事之外的某种触动。

如果给影片寻找一个关键词，"激情"毫无疑问可以被视为《天才捕手》的故事内核。沃尔夫、菲茨杰拉德、海明威在故事里都是激情四溢的。沃尔夫的妻子差点儿激情杀人。珀金斯的激情被压抑于心海深处如惊涛拍浪。

"激情"不但道出了文学创作的动力来源，也表达出人与人建立连接的情感黏度。写作者观看这部电影，会立刻产生想要伏案奋笔疾书的冲动。而观众在观看这部多少与自己有点儿距离感的故事时，最有可能被激发的是对生活的热情，相对于这个充满压迫感的时代，作为个体的人最应当拥有的一种能力是激越的生活态度，为沉闷的自己打一点儿鸡血。

"我们登上高楼，感受这座城市和生活的所有奇特、荣耀和力量"，享年三十八岁的沃尔夫在写给珀金斯的最后一封信中如是说，这是沃尔夫对珀金斯表达感恩的语言，也是专属他们那一代人的时代宣言。

《天才捕手》因此也像《午夜巴黎》那样有了穿越的属性，它所展示的奇特、荣誉与力量感，也值得每一个观众去捕捉到手，拿来开阔自己的视野与心胸。

《了不起的盖茨比》
爱的伟大与卑劣

一个男人，建造了超豪华住所，五年的时间里，他经常远隔水面看着对岸的一盏绿灯，绿灯之后的居所，住着他曾经爱过如今已嫁作他人妇的女人。他耗费心思举办盛大派对，为的是把那个女人吸引过来，与他重温旧梦。那个女人叫黛西，而他的名字叫盖茨比。

根据这个故事改编的电影《了不起的盖茨比》在中国上映，看的时候不时有疑惑冒出来，既然黛西是个物质女人，那么腰缠万贯的盖茨比为何不直截了当地坦露身份？在五年的时间里，爱在媒体上曝光的盖茨比，怎么没被黛西注意到？电影有许多值得推敲之处，但如果用这个角度就很好理解了：盖茨比喜欢等待，喜欢重新追求黛西的过程，抑或，他喜欢自己制造的一次次惊喜……

盖茨比的了不起之处在于，他清醒地知道自己要什么，他放弃娶黛西，争取一切向上爬的机会，目的就在于要给这个女人她想要的生活。但在有了这个能力之后，他又不急于去拥抱黛西，他就像一位成功的导演，掌控着一切，这个在意大局，更在意细节的男人，在森林木屋中与黛西"邂逅"，成了他制造的最美的回忆片段。

战争时期，来自黛西的信成为盖茨比的精神寄托，在炮火弥漫的战场上，黛西的信为盖茨比编织了一个梦境，人在战争的残酷环境下，很容易形成坚定而稳固的价值观，黛西成了盖茨比的全部，但他重新找回黛西的方式却超于常人，也许他在精心设局让黛西掉进情感陷阱之前，要请教一下心理医生，这样爱一个人对不对。

盖茨比的了不起之处还在于，他洞察社会的构成，知道人性最阴暗的一面，却保持了一颗纯真的心，以及看上去很是可笑的理想主义。看这部小说或电影，我们或许更多地看到了爱情，但更值得看到的是一个男人的内心世界，是怎样地执着又执迷不悟，这部世界名著能够流传至今，是因为它塑造了一个在现实世界很难遇到的人物。

绝大多数男人是成不了盖茨比的，"直接而粗暴"是他们解决问题的方式，像盖茨比这样走婉约路线，一走就是数年，他们通常没有这样的耐心。

作为盖茨比，他要忍耐孤独，忍受心上人在别的男人怀抱里的痛苦，他用幻化的景象来麻醉自己，但这种麻醉并没有让他失去目标，因为他坚信黛西从来没有爱过别人，哪怕当黛西无法否认也爱过自己的丈夫时，他暴怒如杀人犯，但仍然坚信黛西会来电话，会与他一起私奔。

盖茨比的情感与心理，充满了女性色彩，他一直在用女性的视角，来把爱情纯洁化，这也是他了不起的地方。他洞察了男人与女人之间最原始也最珍贵的连接途径，就是为了纯洁的爱情牺牲，哪怕这不被人理解的爱情遭受怎样的污名，都无法让他对"我爱她，她也爱我"这个观点产生丝毫动摇。

盖茨比为爱而生、为爱而死，爱创造了他的伟大与卑劣，也给予了他由无数碎片回忆组成的永恒爱情。如果一个男人对爱情不抱有永恒之心，那么他就永远不可能像盖茨比一样，成为一名了不起的爱情大师。

《被解放的姜戈》
解救姜戈的医生为什么必须死

在引进国内放映时，《被解放的姜戈》更名为"被解救的姜戈"，"解放"变"解救"，格局一下小了许多，但能够在删减极少的情况下公映，仍然无损影片在整体上的精彩。本来昆汀·塔伦蒂诺也无意重点表现美国南北战争的残酷和废奴运动的艰难。

《被解放的姜戈》把故事背景放在美国南北战争开始的两年前，这样有效避免了对内战的过度解读，留出了更多空间用以表现舒尔茨医生和姜戈超越种族和肤色的情感。《被解放的姜戈》更侧重讲述两个男人之间的友情，用粗狂的影像风格，细腻地还原了存在于人性中的友好、善良、互助等美好品格。

出于利益的初衷，赏金猎手舒尔茨医生"强行"购买了黑人奴隶姜戈，在姜戈的帮助下完成猎杀罪犯的任务并且领取了赏金后，两个人该分道扬镳才对，但听完姜戈想要寻找自己被贩卖的妻子这个愿望，医生决定帮助他，这个决定，从个人角度看，是一个单身汉想要成全一对夫妻团聚的简单愿望，从大的历史层面看，是一个阶级对另一个阶级产生了真正感情的体现。

医生对姜戈的帮助，很容易令人联想起美国内战爆发的原因之一，北方人民对南方奴隶的巨大同情心，许多生活富足、家庭美满的北方人，在"废奴"口号下，加入这场血腥的内战中去，并最终取得了胜利。在《被解放的姜戈》中，医生之死让喜爱这部电影的观众难以接受，这位经验老到、身经百战、狡猾与智慧兼备的赏金猎手，在射杀糖果农场场主加尔文·坎迪后，完全有机会脱身逃生，但医生偏偏在关键时刻反应迟钝了，被轻率地一枪打死。

《被解放的姜戈》剧本的这一设计，可能是出自对南北战争残酷性的考虑，可以不死但偏偏送死，医生和北方士兵的命运是一样的，如果医生不死，《被解放的姜戈》的悲剧性会削弱不少，失去医生帮助的姜戈，学会了自救和复仇，这也隐喻着奴隶在无数人的牺牲之下，终于懂得了如何实现独立与自由。

当然，医生与姜戈的故事所折射的美国内战，在这部电影里是作为背景出现的，哪怕有奴隶搏斗以及被狗撕食等残酷场景的出现，也不过是徒增电影的血腥感而已。观看这部电影，真正打动人的是医生和姜戈对于身份平等的追求，医生内心尊重奴隶，但言行上也时不时要表现出自己的精英面孔，他也为此感到纠结、羞愧，姜戈在白人面前不卑不亢，时时彰显自己的自由人身份，因此产生的各种情绪对抗，都在大声诉说着自由与平等的重要性。

医生与姜戈是站在一起的，影片有个细节，在从医生的尸体上找到妻子的赎身证明后，姜戈吻了一下医生灰白的头发，从前从未有过肢体方面友好接触的这两个人，跨越了包括身份、阶级在内的所有壁垒。

而莱昂纳多·迪卡普里奥饰演的农场主，性情阴冷，性格狂躁，行为狠毒，令人不寒而栗，死于一枪毙命的形式，有大快人心之感。比较有意思的是，医生枪杀农场主，并不是因为农场主讹诈了他的一万两千美元，而是不愿与之握手，在这点上，与南北战争发生是因为双方有着不可调和的矛盾不谋而合。

在表演方面，莱昂纳多的气场力压其他主角，医生与农场主管家的饰演者也可以用精彩来形容，第一主角姜戈反而符号化了，给人的感觉是谁演都一样。昆汀一如既往地在他这部电影里耍酷摆帅，通过画面、音乐、台词时时证明他的存在。

对于作品来说，能够让观众彻底忘记幕后人员才好，但昆汀例外，虽然无数画面能让你联想到仿佛昆汀在银幕上对你挤眉弄眼"我在这里，我在这里"，但愣是对他产生不了反感，这就是风格的力量。

《绿皮书》
用轻巧策略讲述沉重故事

2019 年 3 月 1 日，拿下奥斯卡最佳影片、最佳原创剧本、最佳男配角三个奖项的《绿皮书》在中国公映。获奖之前，《绿皮书》在影迷那里就呼声甚高，获奖之后，公映信息与海报等短时间内刷了屏。作为近十年来在中国评分最高的奥斯卡获奖电影，《绿皮书》的票房状况，能反映出中国电影市场对奥斯卡电影的接受程度。

综合各方面数据，可以基本肯定，《绿皮书》在中国观众这里，不仅是本届奥斯卡获奖电影口碑最好的作品，也是最为大众化、具有一定商业号召力的电影。喜剧元素、丰富的细节、饱满的人物形象，使得这部文艺片拥有了接近商业片的看点。比起票房数字，更值得观察的是，中国观众为何偏爱这个以 20 世纪 60 年代美国肤色歧视、种族冲突为背景的故事。

"绿皮书"是一种专为当年黑人编写的旅行指南，电影里奋斗到上流社会的黑人钢琴家唐，受邀到种族歧视依然比较严重的南部为各地成功人群进行表演，在巡演路上，唐遭遇了不能住白人旅馆、进高档餐厅吃饭、被警察羞辱的恶劣待遇，而应聘为唐的司机的白人托尼，从一开始对黑人有偏见，到数次为唐挺身而出，两人建立了友情。结尾时唐带一瓶酒前往托尼家一起庆祝圣诞的场景，动人而温暖。

《绿皮书》让人喜欢，首先还是电影本身的魅力，它有着经典电影的设置与结构——白人为黑人服务颠覆了以往同类题材主角的身份定位，是一种很强的戏剧冲突，但在处理这一冲突的时候，又使用了春风化雨般的细腻手段，不会给观众造成不适感。故事的一波三折，叙事上反转手段的娴熟使用，幽默的对白与音乐元素的介入，也让它的剧情令人牵挂，进入故事之后难以放下。

对友情与家庭的刻画，对于中国观众来说也是熟悉的、亲切的。唐与托尼在车里就吃与不吃炸鸡的争论，托尼故意挑战唐对于礼仪与整洁方面的高要求，唐最后放松下来与托尼一起"恶作剧"……这些损友之间的互相调侃、捉弄，内在藏着友情滋长的痕迹。这样属于男人之间的交往方式，是自然、舒适而放松的。在中国喜剧电影中，乃至在现实生活里，男人这样表达友情的方式比比皆是。

托尼一家财务紧张但生活充实，一大家人一起吃饭聊天时所传递出的家庭观念，亦是中国家庭对"整整齐齐一家人"的目标追求。这样的家庭给人以安全感与眷恋感，托尼在活动结束后冒着大雪上路，赶在圣诞夜这天回家，彰显了家庭凝聚力的强大。

托尼与妻子之间的感情，有笨拙也有甜美的一面，唐帮助托尼给妻子写优美的信，让电影里有关夫妻感情的描写，得到了平实的落地。托尼妻子在唐登门拜访的时候，毫无障碍地拥抱了唐，除了感激、感谢之情外，更有一种突破种族偏见之后的大爱洋溢而出。

虽然不是主要基调，但《绿皮书》当中还是对警察暴力执法、阶层隔离所造成的族群冷漠、人的尊严遭受挑战，进行了适度的呈现。这些是美国历史上真实出现过的状况，如果没有这种背景，亦不会诞生《绿皮书》这样的故事，正是因为有了这样的表达，才会让观众产生感同身受的痛感。

在为影片微笑、心暖的同时，观众又何尝不会对电影里提到的问题进行深刻的思考？问题产生的土壤是什么，解决问题的办法是什么，通过这样的沉思，相信每位观众都能得到自己的答案。

《绿皮书》在中国公映带来的启发是多层面的。在电影创作上，如何用轻巧但不偏离主题的策略，来讲述一个沉重的故事，这对中国电影人而言，是一个不错的借鉴机会。在影视产业上，怎样拍出既有积极的社会意义，又能实现创作生产所追求的口碑与利益，该是投资人要重点考虑的方向。

一部好的电影，应更多感受它是否具有强大的情感表达与价值表达，人人都向往平等与有尊严的生活，全世界的人们也都在往这个方向奔走、努力，《绿皮书》是符合这个潮流的，因此，哪怕它在被解读的过程里存在一点点瑕疵，也不应否定它整体上的优质。

《至爱梵高》
梵高的"失败"更催人思索

　　《至爱梵高》公映时虽然票房表现不甚理想，但话题性十足，很多人在推荐这部电影。一些有个性的家长，在《帕丁顿熊2》和《至爱梵高》中，还是选择带孩子观看了《至爱梵高》，其实《至爱梵高》并不是一般孩子所能理解并喜欢的动画片。

　　在谈论这部电影之前，或许我们应该先回答一个问题："我们为什么喜欢梵高？"喜欢他留下的被收藏在博物馆里的伟大画作？喜欢他投身艺术的忘我与疯狂？喜欢他先割耳后自杀的传奇故事？抑或喜欢他生前悲惨死后荣光的戏剧性？……只有找到这个问题的答案，才能用更客观的态度去看待后世创作的各种梵高故事。

　　社交媒体上曾流行一段短视频，梵高复活后回到21世纪的巴黎，在收藏他诸多画作的美术馆里，聆听着馆长对他的介绍与评价，目睹参观者的崇敬样子，了解到他画作天文数字般的售价，活着时只售出一幅画作的梵高百感交集。

　　这段视频篇幅不长，但感染力很强，它受欢迎的原因，是它满足了人们对于极端悲剧的一种补偿心理，此外，这个短视频还融入了一点点励志效应，使得它能够完美地契合现代传播心理。

梵高已经去世一百多年。他究竟是死于误杀还是死于自杀，已经不再重要。所以，《至爱梵高》把主要戏剧冲突建立在寻求"梵高之死"的真相上，是远离了观众想要从艺术与情感角度理解梵高这个需求的。十五个国家一百二十五位画师，花费七年时间手工绘制六万五千帧油画，为《至爱梵高》提供了一个极致的表现形式，遗憾的是，剧情的单薄使得整个故事的内在没法与其辉煌的外在相匹配。

《至爱梵高》强化故事的悬疑性，使得观众把注意力放在了"梵高之死"身上，整个观影过程，虽然能够被情节吸引，但在结尾时，难免会有失落感产生，因为观众并没有更深入地了解梵高的内心世界。影片的立意虽然能打动人，但无法触痛人，如果一部新的梵高题材，仍然满足于浅显的塑造，而不是深沉的心灵追击，那么它必然不会俘获更多人的喜爱。

《至爱梵高》的故事创作，可能从《月亮与六便士》那里借鉴了灵感，毛姆的这部著作，也是使用了悬疑手段，通过寻找与走访的方式，还原了角色原型高更放弃舒适生活醉心于绘画的故事。

但《月亮与六便士》比《至爱梵高》高明的地方在于，毛姆层层剥开了高更脱离生活正轨成为一名艺术家的心理动机，高更隐居于小岛之上，死亡前把一所破旧房屋的墙壁涂满画作，让《月亮与六便士》拥有了一个震撼的结尾。

关于真实的梵高，有很多令人震撼的细节，比如，他割掉自己的耳朵，是因为他自己不会画耳朵，他是当着好友高更的面亲自割下耳朵的；梵高把割下的耳朵送给了他的情人，是因为他在爱一个人的同时也期望对方回报同样热烈的爱；还有，梵高与他的弟弟提奥之间的兄弟关系，并非那么美好，梵高因为怕失去弟弟的资助而竭力阻止提奥去美国发展，弟弟也数度想要断掉对哥哥无休止的资助，甩掉这个包袱……

具备高度艺术感染力的电影，必然要面对人物最真实而又最不堪的一面，"渣男"梵高的故事被还原，非但不会影响其艺术大师地位，反而有助于受众站在他所处的时代与生活背景下，去了解一位杰出人物诞生的起点。

有种观点认为，梵高不仅在19世纪他活着时没法功成名就，就算在21世纪，像他这样的"艺术疯子"，也一样会被冷落在世俗的功名门槛之外。比起刻画梵高的"成功"，叙述梵高的"失败"更具催人思索的意味。

梵高之死，死于贫穷，死于孤寂，死于生存环境对他的挤压。为了不再给弟弟增添负担，也为了不再活在非议之中，他选择了"杀死"自己。那颗射进他腹中的子弹，来自他自己之手也好，来自别人之手也好，都为他带来了解脱。

死亡的梵高，在失去呼吸的第一天开始，就走上了被神话的道路。而今天，我们想要设身处地地去理解梵高，恰恰要穿过那层层神话迷雾，去结识那个忧郁、暴躁、性情多变的梵高。

几十年来，已经有百部剧情片与纪录片讲过梵高的故事，一部尽善尽美的梵高电影，是不可能出现的，原因很简单，因为人们投射在梵高身上的需求不一样。

但在这个故事匮乏、艺术审美低下的时代，讲述梵高、谈论梵高，总还是好的。毕竟，像梵高时代那么多人愿意为艺术而献身或牺牲的盛景，再也不会出现了。

《比利·林恩的中场战事》
李安让美国人集体不适

借着英雄的故事，拍一部反英雄的电影，这是《比利·林恩的中场战事》最核心的初衷。看多了美国战争片，对那些电影宣扬的爱国主义和个人英雄主义已经熟谙于心的观众来说，《中场战事》提供了一个反向的案例，在这部电影里没有英雄，只有平民，对战争的描述，也是只有伤害，没有胜利。

《中场战事》在美国的口碑不好，纽约首映后"烂番茄"新鲜度为36%、评分为4.3，除了"格局小""故事简单"的评价外，可能还和该片对美国的主流价值观带来了冒犯有关。美国民众对伊拉克战争的厌恶，来自这场战争把他们拖进了泥淖当中无法自拔，但反对这场战争不等于否定英雄主义，更不等于承认民众也是推动战争成为既定事实的组成部分。

现在李安揭下了那层反思的面纱，对政客与民众都进行了尖锐的批评，这种一个都不放过的态度，以及打脸式的火辣程度，会让坐在影院里的诸多美国观众感到一种不适感从头弥漫到脚。

反对英雄主义，就是反对战争——李安用这样的思维方式来拍战争片，这是罕见的逻辑，但李安确实用简单的故事证实了这个逻辑的合理与真实性。还属于青少年的林恩犯了错，作为免除惩罚的交换，他在父亲的运作下进入了伊战部队，由于"在混乱中拥有冷静的头脑"这个特长，他在一场与敌人的混战中英勇地去拯救队伍"蘑菇"，"蘑菇"虽死，但拯救过程被一位记者遗落在战争的摄影机意外拍下，视频传到国内后，林恩成了美国英雄。

林恩成为英雄是快速而意外的，而李安帮助林恩扒下英雄外衣则是沉着而缓慢的。在林恩回家、参加橄榄球比赛中场秀，以及战争现场回忆这三个场景间，李安不断转换镜头，把一名"英雄"的无奈与悲伤之路，呈现在银幕之上。

好莱坞制片人喋喋不休地想要为林恩所在的 B 班签约一部电影，打算投资电影的橄榄球队老板只肯用聊胜于无的报酬来换取 B 班的故事，看台席上的观众有的向 B 班送来套路化的敬意，有的则对 B 班出言不逊……

如果说 B 班在退场时遭遇暴徒袭击，还不足以把队员赶回战场的话，那么与林恩有过亲昵关系且燃起林恩想要退役愿望的美貌啦啦队队员，则用不容置疑的语气与眼神，把林恩决绝地推向战场，继续扮演"美国英雄"。

电影通过对比的方式不断地讽刺美国人对"英雄"的态度，一面是通过夸张、豪华的中场秀，用电视来制造并传播"英雄"的存在必要性，另一面则是无情地对待"英雄"，冷漠地把"英雄"当成满足虚荣的工具，用完之后一脚踢开。

这一点在堪称重头戏之一的中场秀里体现得淋漓尽致，整场表演严格按部就班地进行，绚烂的烟火，整齐的步伐，震耳欲聋的鼓点，激情的演唱，观众在电视前看到的是震撼的演出，而李安的镜头直白地告诉大家，这是一场机械的操作，幕后是忙乱的编排，在战场上机敏的战士到了演出活动中却变成了任人指使的傻瓜……

在经历了这一番折腾后，B 班战士达成了统一认识，和现实社会的荒诞相比，战场却是讲究规则至上的，不按规则来，就会死亡，因此认定规则的 B 班战士才发出了"只有在战场上才是安全的"这样的叹息。

《中场战事》在中国得到的打分较高，达到了 8.5 分，是有着一定的文化背景原因的。李安在电影中表现出了他特别东方化的一面，即对普通个体生存的同情与怜悯，表达着他对个体命运卷入历史洪流无力挣脱的悲伤与愤怒。李安在片中始终克制着情绪，被形容为拥有鸽子眼神的他，内心其实有着一个不为人所知的深渊，他通过《中场战事》把他内心深处的恐惧与不安，颤抖着捧了出来。

这种颤抖可以在饰演林恩的演员乔·阿尔文那张年轻的脸上一览无余，在拍《少年派》的时候就有人认为，派是李安的情绪代言人，《中场战事》中的林恩又何尝不是？李安能够拍摄那么多电影而不显得疲倦与重复，正是因为他始终在挖掘和探索自己的内心，他创作的原始力量，来自灵魂深处的悸动，他的电影好看，恰恰是因为他擅长把自己的真实内心良好地刻画于银幕之上。

《中场战事》讨论的元素有许多，涉及家庭内部矛盾、亲情的珍贵与疏离、死亡与信仰的联系、金钱至上带来的庸俗等，但李安在影片中融入这些，只是试图拓展电影的表达边界，只有一点是他想在这部电影中重点讲述的，就是反对任何名义的战争。

李安在《中场战事》中传递的战争价值观，是不分正义与非正义的，他只批判战争的残忍一面，对所谓赢家与输家，并无立场。对喜欢战争嗜血一面的观众而言,《中场战事》的战争场面确实太少,因此它的商业性打了折扣,但控制战争场面的所占比例,却是李安想要实现影片表达重心的必要做法。

可以确定,《中场战事》是一部货真价实的反战电影,只是它的反战思维不是过去时的,而是当下的、未被知觉的,甚至是建立于未来人们对战争的整体态度之上的。

《中场战事》肯定是一部佳作,如果真正懂得李安,就会明白他想在这部电影中说些什么。

《云图》
"我绝不会向暴力犯罪屈服"

看完《云图》后，有人问，这电影能看懂吗？我的回答是太好懂了，前提是不要试图把六个故事关联起来，否则这部电影就成了哲学迷宫，怎么解读的都有，需要一部大部头著作来诠释，而且看了诠释之后，仍然会一头雾水。

说它好懂的原因也很简单，《云图》只是讲了两个很具普世价值的道理。其一是，人人都有爱的自由；其二是，人人都有免予被暴力奴役的自由。再简单一些，这部电影的表达主题不就是《勇敢的心》中华莱士被斩首前高喊的那个词"自由"吗？

《云图》的剪辑眼花缭乱，六个故事走马灯一样转换，最短的片段只不过以一个镜头闪过，这更像是导演玩的恶作剧，他要强行把观众按在座位上，不让观众去洗手间。

其实观众完全不必理会这些可以称作"花招"的奇淫技巧，电影也给懒惰的观众留有一条贯穿始终的线索，即星美451接受克隆人记者采访。

影片最为打动我的一个故事，即2144年发生于韩国首尔的克隆人反抗行动，周迅饰演的尤娜 939 因拥有了独立意识而被扼杀，目睹此景的星美 451 的独立意识被唤醒，并成为反对者联盟的精神旗帜，反抗行动最后虽以星美 451 被捕失败，但克隆人记者已经被惊心动魄的讲述打动，革命的火种再次被埋下。

"我绝不会向暴力犯罪屈服"，这句话没什么特别的，但它反反复复在电影中出现多次就显得特别了，六个故事里，每个故事都有奴役存在，文明人对土著的奴役，外星人对地球人的奴役，正常人对克隆人的奴役，老人院对老人的奴役……电影有大量暴力元素，亦有大量反暴力元素，两相较力、碰撞、消解、融合，让《云图》拥有了刺激的视角和心灵震撼效果。

剧情介绍说这是六个人在不同时空的遭遇，看似独立成章但之间拥有神秘联系。如果换个说法就好理解了，按照电影交代的时间顺序，不知是否可以这样理解：这部电影讲述了六个人的六辈子的故事，由生至死，由死至生，生命反复，快乐与痛苦皆是一致的，而活着就要面对当下，有追求向往，也有拼力挣脱。

作为西方人拍摄的电影，《云图》拥有明显的西式哲学思维，但用东方哲学似乎更好理解它，这明明就是佛教里的"六道轮回"，善道与恶道并行，下世的轮回已写好，唯有在活着的今生为善，来世才有机会摆脱恶的束缚……

单一地看六个故事中的任何一个，都有些落入俗套，但组合在一起却产生了奇妙的冲击力，它反复在告诉观众：无论在何星球、国家、民族、语言背景下，爱与自由都是人民最喜欢、向往的，都是值得拿生命去追求、置换的。

《云图》是部无论在意识还是制作方面都超前的电影，它在北美的票房可以用"惨败"来形容，在中国的票房也堪忧，但这改变不了它是一部优质的电影，只能说在世界范围内，观众还是倾向于观看爆米花电影，这样富有哲学意味的作品注定要受冷落。

《聚焦》
可怕的不是黑暗存在，而是光明的迟到与缺席

在成卡车印有教会遮掩九十名神父奸污和猥亵儿童丑闻的《波士顿环球报》被运送出印刷厂的时候，晨曦正在冲破暗夜，庞大的波士顿在那一刻显得安静祥和，如同清澈的河流容不下污秽的侵袭，城市也要有属于自己的自净能力，而面对污秽，人们的良知、追问、反思，是构成这种自净能力的主要力量。

被快速印刷的报纸带来了情绪上的波动，除此之外，在观看《聚焦》的时候，心情是凝重、压抑的，影片舍弃了故事片该有的种种升华手段，用克制、理性的方式，有条不紊地向观众讲述着一桩曾真实发生的事件。虽然明知道影片的结局是正义必胜，却和故事中人一样，没有喜悦可言，就像《聚焦》的调查记者一样，作为观众，也可以感受到，宗教信仰的坍塌所带来的失落与焦虑。

媒体是世俗力量的代表，但在美国这样一个百分之九十以上人口宣称信教的国家来说，挑战教会乃至教主甚至把矛头直指梵蒂冈，不仅要面对来自教会高层与政治权力的压力，也要承担民众情绪存在失控可能带来的社会影响。

但在良知与伪善之间，媒体有着向良知靠拢的本能冲动，因为媒体的背后，是几十万几百万普通人的发声渴望，当羸弱的个体无法对抗宗教的无形压制时，媒体就肩负起了代表民意冲锋的责任。

在曝光教会的过程中，《波士顿环球报》的编辑、记者，并没有借崇高的名义。事实上，《聚焦》也表现出了媒体真实的"功利"一面：新到任的总编辑要展现他把握重大题材的能力，报纸要在与竞争对手的PK中领先一步，要提升自己的发行量。

在曾经有机会提前揭露教会丑闻、避免更多儿童受害的时候，《波士顿环球报》也曾因为某种惰性的存在，而放弃了执着的挖掘。就影片给出的基调看，整个事件的进展，更像是媒体的一次业务链展现：从总编辑定选题到记者采访、从新闻线索到深度报道的形成，媒体从业者的职业属性一目了然。

然而这正是《聚焦》的可贵之处。预想中媒体从业者的自我煽情没有出现，自恋成分更是被剔除得一干二净，他们没有"无冕之王"的那种骄纵，有的只是职场中最为常见的职业精神。对于分工十分明确的现代社会来说，职业精神是最基本的品德，或者说，如果每个工种都能发挥出职业精神（包括职业神父），社会就能够整齐有序地平稳前行，如果某个行当里面出现了害群之马（如职业神父），其他具有监督功能的行业能够及时发现揭露，那么社会仍然能够保持健康安全。可怕的不是黑暗的存在，而是光明的迟到与缺席。

《聚焦》没有给人留下太大的解读空间，因为它在讲述时，一切都是那么直白、真实，没有虚笔，没有隐喻，它在尖锐地揭掉教会虚伪的面纱，也在坦诚地反思媒体人作为普通人所存在的一些缺憾。

但有一点不可否认，看完《聚焦》，观众仍然会获得一种力量感，这种力量感来自人们对美好生活的维护，来自善良之人无形当中凝结的共识。片中一位记者发现污点神父就住在他家附近的街区时，马上在冰箱门上贴出一张字条，警告孩子"不要靠近那所建筑以及那个怪叔叔"，在报纸印刷出来当晚，他亲自把它扔到了污点神父的家门口。

这是一个能代表影片立场的细节，这个细节其实也是影片最鲜明的价值观——对于侵犯他人生活者，不分远近，必然被诛。

除了获得第八十八届奥斯卡最佳影片和最佳原创剧本奖之外，《聚焦》还获得了金球奖、美国演员工会奖、纽约影评人协会奖、多伦多电影节人民选择奖等诸多电影奖项大奖。

电影奖项也是来自世俗的一种荣誉，这个荣誉背后，是更庞大的数以亿计的民众选择。《聚焦》这样的电影，可以开拍、可以公映、可以获奖，不应该用"欣慰"之类的词语来形容，它应该是一种必然、一种常态，作为艺术产品，它所承载的价值倾向、社会意义，将会鼓舞更多从业者，把镜头聚焦于隐蔽的角落，把一切不敢示人的阴暗，曝晒于阳光之下。

《荒野猎人》
令人窒息的自然风光片

　　莱昂纳多·迪卡普里奥获得了平生第一座小金人，全球担心他能否获得第八十八届奥斯卡影帝的观众，可以轻松地吁一口气了，莱昂纳多的获奖感言语速很快，他感谢了一些人，但在最后，他重点提及了自己关心的全球气候变迁问题，希望大家能够更加重视环保问题，这其实也是《荒野猎人》想要表达的主题，出演此片，莱昂纳多或真切感受到了人与自然的关系究竟是怎样的。

　　《荒野猎人》的最大看点肯定是莱昂纳多。《荒野猎人》镜头中瑰丽、壮观、清新、通透的自然景观，令人叹为观止。影片先是取景于加拿大阿尔伯塔以及阿根廷南部，都是景色令人叹为观止之地，观众眼睛所见，均是百分百的原生景地，雪山、流水、冰森林，一切宛若地球初生时的样子，辅以与自然声音协调搭配的音乐，整部电影的节奏略带紧张与压迫感，令观影过程不至于显得沉闷。

　　如果剥离掉莱昂纳多的表演和先声夺人的景色使用，《荒野猎人》的故事本身非但不传奇，反而有些平庸，它只不过是一个父亲为儿子复仇的简单故事。如果说伊纳里多的《鸟人》借助奇幻手法表达了中产阶级的焦虑病，那么《荒野猎人》则是借鉴了贝尔在《荒野生存》中吸引人的元素，来刺激观众主动去反思已知与未知的自然世界，《荒野猎人》提供了一个对多数观众而言都陌生新鲜的世界，莱昂纳多在这个世界里肩负了导游的作用，和莱昂纳多一起去冒险，使得影片拥有了挺强的代入感。

远山很远，雪地浩瀚，人在上帝一般沉静的世界一隅渺小如蚂蚁。但伊纳里多把镜头拉得很近很近，莱昂纳多两次被熊撕的时候，血腥气就在眼前；躺在死去儿子的胸前，莱昂纳多呼吸出的热气模糊了镜头，这样镜头几乎顶着鼻端的拍摄方式在片中出现了数次；剖开跌下悬崖死亡之马的腹部，像婴儿一样钻进去取暖保命，这让拥有强悍生命力的莱昂纳多在那一刻变得无比脆弱……这种近距离的刻画，无时不在比对生命个体与庞大自然的微妙联系，这让影片给观众留下诸多可以意会的空间。

在复仇主题之下，还有一个有关良知的关键词探讨，在莱昂纳多被熊袭击生命垂危的时候，抛弃他的同伴包括试图活埋他的同伴，实际上都在承受着不同程度的良知考验，这种良知成分是这个残酷故事的暖意，导演也有意通过这个故事来宣告，良知是人类的最后底线，一旦它被突破，自相残杀将不会停止。

影片最后，莱昂纳多放弃亲手杀掉仇人，把仇人交予命运，这也是对底线的敬畏。但受影片形式影响，以及镜头奇观过于夺人耳目，《荒野猎人》对良知的讲述偏向于功能化，没能够深入下去，这也许是它与奥斯卡最佳影片擦肩而过的理由之一。

《地心引力》
外太空也承载不了人类的孤独

　　看《地心引力》，时不时想起威尔·史密斯主演的那部《我是传奇》。史密斯在空无一人的纽约街头放置了录音机，反复广播录好的一段音频：如果有任何人的话，任何人都行，请你来。《地心引力》的桑德拉·布洛克在航天飞机被毁飘浮于太空的时候，也数次对外呼叫：如果有任何人听到，任何人都行，请回应……

　　《地心引力》几乎完美地呈现了航天员在外太空脱离航天器后所能遭遇的困境，如果你童年时做过类似的梦或者有过这种想象，就会觉得这部电影给了你一个很好的答案：在无边无际的浩瀚中，体会真切、尖锐的恐惧与孤独，觉得生命如此渺小，活着是多么美好。

　　很少有观众指责电影简单的剧情，这是因为电影既拥有梦一般的瑰丽，也饱含只有在梦中才会出现的丰富信息。演员只是片中众多漂浮着的碎片之一，真正的主角是宇宙，是存在或不存在的上帝，观众会关心角色的命运，但内心深处会更加渴望了解，当我们自己坠入这样的情形中时，会选择坚持还是放弃？

　　《地心引力》是布洛克一个人的电影，乔治·克鲁尼的作用是为这个故事加入催情剂，谁都知道男女主角的太空调情不过是稳定情绪的一个办法，但还是期望爱情能同样在地球之外产生巨大的能量。可命运之手不分地球内外，克鲁尼在完成他简单的煽情功能后死于灿烂星群中，但他的催情在布洛克体内产生了效果，她要活下去。

哪怕太空的景色有惊人之美，也无法治愈来自地球上的情感之伤，走不出丧女之痛的布洛克，在经历彻骨的绝望之后，反而唤醒了她告别过去重新生活的勇气。

电影中有一个镜头，布洛克蜷缩在机舱之内，机舱成为一个子宫，而她宛若还未出生的胎儿，在那一刻，一切都是崭新的，只要重新回到地球，只要能活下去，她就会有一个崭新的开始——这大概是电影片名的寓意所在，人在外太空，一样会受到地心引力的影响，如同人无论走多远，都会想念家园一样。

人类的孤独感亘古存在。尤其是在迷失自己、丧失目标、忘记活着的意义的时候，孤独感就会从各个方向袭来。《地心引力》能够引起那么多观众的共鸣，是因为它说出了每个人内心深藏的与孤独有关的恐惧。

这些人中，很多人通过远足来逃避孤独，却发现无论走多远都走不出自己的内心，哪怕走到外太空，那里也承载不了人类的孤独，想要让孤独消弭于无形，还要依赖内心热爱的苏醒。

从哲学层面看，《地心引力》诠释了人与自然、人与命运、灵魂（思想）与宇宙等之间的关系，在这部电影里，那些貌似复杂的关系变得十分简单，其间的互动也变得直接而有效。看完这部电影，如果内心不由得产生一种感激之情，不要觉得意外，它只是在不知不觉间带你完成了属于自己的一次心灵之旅而已。

不要对这部电影的 3D 效果有期待，实际观影体验表明它的 3D 影像无足轻重、可有可无，吸引观众的，是布洛克出色的表演、影片紧张感的营造，以及它在命题与解题方面的精准。

虽然在类型上它被定义为科幻片，可观看的时候一点儿也感受不到科幻的味道，它的每个镜头都会让你信以为真，那是真真切切发生过的。

可以与观众实现这样的交流，是电影在向本义回归的体现，《地心引力》带来的不只是惊喜，更多的是很多个层面的深思。

《天空之眼》
对抗命题激起观众道德自卫

在2017年的引进片当中,《天空之眼》是部不太容易被分辨的电影,如同它的片名一样,观众容易把它当成空战片、科幻片甚至魔幻片,而实质上,它是一部以高空监视(天网)技术为叙事依托、反思战争、人文思考性比较强的现实题材作品。

有一个小故事,与《天空之眼》的主题有点儿吻合,这个曾经在社交媒体上被广泛传播的小故事名字叫"这条小鱼在乎"。说的是一个小男孩儿在海边不停地把昨夜被暴风雨卷到海滩的小鱼送回大海的故事。成千上万条小鱼,男孩儿捡得完吗?捡完捡不完不重要,重要的是只要能够拯救,就不要轻易放弃。

《天空之眼》里生活在肯尼亚首都内罗比境内秘密基地附近的一个卖饼的小女孩儿,就是一条处在战争风暴边缘的小鱼,而片中的英国女军事情报官员、首相、无人机飞行员、导弹发射员以及美国将军和其他国家政客等,都在扮演捡小鱼的"小男孩儿"的角色。这样的故事设计,很残酷地把命题推向了观众。

自故事一开始,观众便与影片中的人物一样,面临选择的煎熬和道德的拷问。恐怖分子发动的自杀式袭击马上就要行动，是牺牲一个小女孩儿保护更多的平民与孩子，还是保护这个小女孩儿牺牲几十上百条性命？当你选择的天平滑向任何一方，都会立刻激起道德自卫，生而为人的善良本性，以及人性本能的趋利避害，都会让你产生无所适从的感觉。当无形的情绪积累到一定程度，需要发泄的时候，自然会倾向于对战争的批判——如果没有战争，人们何必要承受这样的心理折磨。

于是，《天空之眼》的内在，又指向了"战争的正义性"这个永恒主题。这导致大家免不了又要陷入一种讨论陷阱。比如，战争究竟是谁发起的，在战争过程中谁更邪恶，战争能不能真正解决问题，通过降低牺牲人数而获得胜利的战争算是真正的胜利吗……观众渴望卖饼的小女孩儿能够活下来，也希望得到恐怖分子被一炮轰上天的快感。但战争的真相，却不能够满足人们的这种"双赢"愿望，因为战争的本质往往是没有赢家的。

抛开影片的沉重性，单就娱乐性而言，《天空之眼》采取了一种简单却富有节奏感与氛围感的叙事方式，"折磨观众"向来是好的娱乐片不可或缺的手段，在这方面，《天空之眼》算是无所不用其极。

另外，现代军事通信手段，一个战争指令从最高指挥官那里层层下发的程序过程，不同岗位各负其责的精细分工等，都通过这部电影得到了一次细致的展现。这种快速剥洋葱式的故事，带有天生的沉浸式体验，观众如果在观看时产生紧张、焦躁的情绪，那么不妨仔细穿越这情绪迷雾，去仔细追问自己究竟想在这个故事里得到什么。

《天空之城》不是爆米花电影，它不是那种商业性很强的故事，但因为主题设置与破解上的优势，它属于那种张力很强的作品，或是为了强化表面的观感，影片邀请了老戏骨、奥斯卡影后海伦·米伦以及同是老戏骨、影史百佳演员之一的艾伦·里克曼担纲主演，角色鲜明的个性，被两位演员传神地演绎了出来，再加上几位年轻演员的出色发挥，影片主演阵容在演技上的表现可圈可点。

自"9·11"之后，反恐题材电影的创作一直是好莱坞的热点，催生了《猎杀本·拉登》《拆弹部队》《慕尼黑》《全面围攻》等数十部产生不小影响力的作品，在反恐题材的创作趋势中，这些影片一直都紧扣反思精神，没有沉沦于对绝对正义的迷恋，也没有一味地妖魔化恐怖分子，在人们陷入"这个世界怎么了"的迷惘中时，反恐电影在一定程度上帮助观众了解了世界、政治与战争的真相。

《天空之眼》也是如此，在整个的反恐电影片单序列中，它没有跑题，而是用自己坚定的价值观，再次捍卫了"尊重生命、拒绝战争"这个属于全人类的美好愿望。

《哭声》
一半是庄重，一半是戏弄

　　没看《哭声》之前，以为它是近似于《素媛》那样表现韩国社会残酷一面的现实题材家庭剧，事实上两部影片也有相似的情节，《哭声》里的女孩儿也像《素媛》里的女孩儿那样，有过被性侵之后的残忍刻画。但在看完《哭声》之后，发现它在格局、叙事、思考角度等各个方面，都与《素媛》完全不同。

　　和无数韩国片、韩剧塑造的洁净居住环境不一样，《哭声》的画面里，遍布着泥泞、血腥、肮脏、尸体、雨水、阴暗、恐怖……它让人轻易想到香港早期的恐怖片如《山村老尸》等。中国一部分类型电影，曾被批评画面当中充满"脏乱差、屎尿屁"，令人观看时容易产生不舒适感，《哭声》带来的生理反应亦是如此，开个玩笑，在"抹黑"韩国方面，《哭声》算是走在了前面。

　　在故事开始后的一个小时里，《哭声》都没有展现出作为一部优秀电影所应该具备的质素，尤其是在角色塑造上十分可疑。比如片中警察，在他们身上，丝毫看不到我们所熟悉的影视作品里的香港警察、内地警察，或者美国警察、日本警察的形象。一个闪电，一个女人窗外的身影，一具枯尸，都会把这几位警察吓得屁滚尿流，尤其是故事快结束时，警察集体围捕国村隼饰演的神秘日本人，整个场面混乱不堪，毫无章法，被一具腐尸打得魂飞魄散。

郭度沅饰演的警察钟九，是一个懦弱的角色，在家中被母亲、老婆和女儿嘲讽，在警务处被同僚训斥、讥笑，是个不被尊重的人。在意识到女儿被鬼上身之后，如果钟九的行动能坚决一点儿，凌厉一点儿，或会更快地摆脱困境，但恰恰相反，在黄政民饰演的巫师，就要通过作法消灭神秘日本人的时候，正是这位无能的父亲出来搅局，拆散了作法所用的道具，让艰苦的驱魔行动功亏一篑。

在后半部分，《哭声》进入了令人窒息的紧张与精彩时段，巫师与神秘日本人相互斗法的场景，神秘，古老，凶猛，惨烈，舞蹈与音乐，无不充满奇异的、具有蛊惑性的魅力，这一幕是整部影片的戏剧高潮点，然后，电影并没有在一刻戛然而止，反而开始了它令人匪夷所思的、漫长的、一波三折的反转过程，如非集中精力，很难想象到影片的最终走向，整部电影终于被导演罗泓轸带飞了起来。

作为一名"追击逃亡控"，罗泓轸在他以往的作品如《黄海》《追击者》中，表现出对影片氛围、情节走向的强烈控制欲，他能够通过电影情境的营造，牢牢地抓住观众的眼球，并让观众的心跳跟随银幕光影的变化，加快或减慢。

在《哭声》里也是一样，罗泓轸近似任性地突破影片固有的情节进展规律，肆意地将主题导向未知境界，让观众焦虑，拍案，茫然……《哭声》究竟想要表达什么？成为许多观众的一个追问。

追问影片主题，让观众分成了两派。一些观众觉得它故事乱套，逻辑迸裂，此片只适合文青借题发挥、胡言乱语；而另外一些观众则认为它突破禁忌，天马行空，怪力乱神，是部可以嗨到爆的电影，有人甚至联想到了昆汀。

但罗泓轸显然与昆汀不是一个路数。昆汀的"胡来"，仍然是建立在尊重逻辑、强调故事的基础上的，而罗泓轸则是从文化层面出发，指向了人们内心的焦灼与困境，如果中国观众对片中的一些场景、画面感到熟悉，那是因为在中国过去的乡村，也曾有类似的故事频繁发生，《哭声》里所呈现的一切苦难、悲剧、痛苦与压抑，也曾是我们的民间文化中，非常沉重的一部分。

《哭声》的故事发生在一个山村，这个山村与外界联系不多，可以视为一个密闭的环境，神秘日本人作为一个外来者，被认为是包括杀人案在内等一切不吉利事情发生的源头。但要注意一个细节，即便在怒火中烧时，作为警察的钟九，也没有选择对神秘日本人进行暴力屠杀，而只是选择了柔性的驱逐。

类似状况放在古老的中国，或者过去的欧洲国家，无不以外来者的死亡，来平息当地居民的不安。《哭声》似乎想要通过这个故事，来展示韩国民间的精神——把它叫作懦弱也好，叫作克制有礼也好，山村所具有的安静与包容，确实是具有韩国特色的。

或许正是这份安静与包容过了头，才使得噩梦一旦开始，就难以在暴力与威权之下迅速结束。韩国是一个有血性的国家，哪怕在现代社会，一些抗议活动上，都不乏有人以要切腹来表达自己的反对意见。

但同时，韩国也是一个只求安稳、渴望风平浪静生活的国度。当宁静与爆裂、和平与杀戮、压抑与放肆等这些矛盾体，被集中在一个封闭空间时，对抗不免就要发生，自控难免就变成失控，"哭声"便成为一种控诉与批判。

在《哭声》中寻找它的现实映射，比简单地将它归类为一部宗教电影有意义。真正的宗教电影，应是《驱魔人》（又名《大法师》）这样的作品，它们承认上帝的伟大，接受人的孱弱，不怀疑魔鬼的力量，但在最终，总是以人性回归为升华，以光明取胜为结局，《驱魔人》所带动的一系列宗教电影的创作，无不指向邪恶的破灭。

在这方面，《哭声》走上了另外一条道路，它冒着不肯让观众释放情绪的风险，把价值观导向了一个未知的方向，神秘日本人最终化身为魔体，会给观众以重重的心灵一击，这难道是罗泓轸的恶作剧，还是他想要通过从现实走向极度现实来刺激观众生发更多的思考？

韩国电影近年来佳作频出，《恐怖直播》《辩护人》《熔炉》《思悼》等作品，在韩国、中国均有良好口碑。在韩国电影的整体走向中，《哭声》是一个异类，它不强调家国情怀，也不表达正义必胜，反而在一半是庄重、一半是戏弄的路上飞奔而去。

在保持韩国电影多样化方面，《哭声》有贡献，当然，以它为例，也更期望中国电影人能拍出这样有创作尺度、有讨论空间的作品。

《此房是我造》
冒险味道难以拒绝

　　《此房是我造》是个糟糕的译名，这种蹩脚的译法很容易让那些挑剔的观众错过。好在该片导演拉斯·冯·提尔的名字本身，就带有强大的吸引力，尽管这种吸引当中，也包含了某种排斥与厌恶。但对于影迷来说，观看冯·提尔的电影本身的冒险味道，是难以拒绝的。

　　译成《杰克造的房子》听上去更好些，起码片名会让人想到"开膛手杰克"。但冯·提尔这部电影里的杰克，与电影史上诸多版本的杰克都有不同，这个杰克智商与作案手段并不高，甚至也不算冷静、冷血，将谋杀与艺术创作衔接在一起，才使得他成为影史上将变态与艺术气质结合最为密切的连环杀手之一。

　　在这个虚构的故事里，很容易能够看出，变态是属于连环杀手的，艺术则是属于冯·提尔的。冯·提尔压根不屑于为杰克开解，他只是用杰克这个形象，来尽情宣泄自己的艺术品位。在《此房》中，杰克杀人之后将尸体摆出造型、拍摄照片，并不足以证实他对"艺术"的追求已经迫切到了变态的地步，一切只不过是他的强迫症与洁癖使然。

　　童年创伤让杀手杰克以杀人为手段获得内心平静，每次杀人之后无微不至的清洁工作，则使得他一次次得以逃脱——《此房》如果剪掉冯·提尔以作者身份强行介入影片的艺术展示，那么他将是一部扣人心弦的犯罪片，电影对犯罪心理的克制展现，以及对犯罪过程当中的紧张刻画，以及充满美感的宽幅画面的形式，都足以使《此房》成为一部优秀的商业片。可要是以拍商业片为荣，就不是冯·提尔了。

《此房》2018 年在戛纳首映时，有上百人中途离场，其中尤以杰克郊游时枪杀妻子与孩子引起抗议，但坚持看完首映的观众，还是给冯·提尔送上了掌声。送上掌声的观众，是因为看懂了冯·提尔的表达，《此房》还是较为清晰地传达出一种与孤独有关的生存与道德困境。"弱者即正义"，"群体的冷漠"，"以杀戮的形式批判"，冯·提尔针对这三点拿起了电影作为武器，以冒犯观众的形式，来提醒现代人注意人类生存的整体性意义，别让自我孤立带来暴行的肆虐。这是一般导演乃至绝大多数商业片与文艺片都无法具备的勇敢。

《此房》之所以遭到大量观众反感，包括在国外专业打分网站上评价不高，是因为它真正给人类在过去时代所创造的美好的乌托邦想象，带来了一次精准的打击。

在全球范围内，人们都对生活充满现代性而感到乐观，认为商业是最大规则，可以帮助秩序更加稳固，觉得信息、科技与智能，能够帮人卸下沉重的负担，进而填补人与人之间亘古存在的鸿沟……

但《此房》以标准的古典主义手法提醒观众，高度发达的科技与商业带来了更加令人窒息的集权，人们在高度依赖秩序时往往也会忽略对道德与理想的重视。

片中杰克唯一爱上的女人，在濒临被杀时打开窗户发出尖锐的呼救声，然后住满人的社区无一人响应，就是最能代表冯·提尔创作此片的寓意之一。

最后，杰克与他自己头脑里创造出来的维吉尔一起来到天堂与地狱的界线，发现天堂竟然是童年目睹的大人集体割草的场景之后，杰克选择自我救赎但却坠入地狱岩浆当中，这也算冯·提尔难得地"政治正确"了一次，那些看首映礼时提前离场的观众如果看到这一幕，或许会原谅他吧。

其实，《此房》拍到这个程度，就已经足够，也符合电影发展的潮流，冯·提尔已经完全没有必要向埃尔·保罗·帕索里尼致敬，非得令人产生严重的不安与被冒犯感。

《此房》大量使用威廉·布莱克的《老虎》与《羔羊》意象，多次重复格伦·古尔德弹奏钢琴的音乐，不厌其烦地用动漫形式解释"两棵树与人的身影长短"理论，生硬地展示多幅古典油画，并不是必然的表达手段。原样重现德拉克罗瓦于 1822 年创作的油画《但丁的渡舟》，则有炫技的嫌疑了。在一部影片里，过多地"置入"绘画、音乐、历史、宗教、艺术等元素，已经不是前卫，而是一种老派或者说迂腐了。

生于 1956 年的冯·提尔，或许应该放下自己的"大师"姿态，继续拍勇敢而不是卖弄的电影。

《入侵脑细胞》
内心风暴

　　每晚的十点之后，是我的观影时间，这几乎成为雷打不动的习惯。夜晚观影，窗帘垂下，别管窗外夜色袭城，也不理远处高速公路的呼啸之声，一个人，一块荧屏，就构成了一个世界。

　　互联网上的内容总是过剩，佳片总是有姗姗来迟，但总有一些电影，会从第一个画面开始，就强烈地暗示你，这是一部可以走进内心、掀起风暴的作品。在年轻时，想象内心的风暴，是飓风式的，带着愤怒与不安，席卷一切，溢于言表。

　　而在中年，风暴是安静、缓慢的旋涡，上升的部分有闪电的痕迹，那闪电是蓝色的，是可以彻底照亮心灵湖底的，内心起伏，呼吸也起伏，但表情平静。

　　在如何展现人的内心世界方面，出生于印度，毕业于美国，长期为好莱坞拍片的塔西姆·辛，他的处女作电影《入侵脑细胞》是一部令人震惊的作品。此后他拍摄过数部电影，但没有任何一部超越《入侵脑细胞》，它是一部价值严重被低估的大银幕之作。它逼真地以华丽、炫目的影像画面，把人的内心世界以直观的形式展现了出来，其逼真与细腻，令人叹为观止。

故事说的是一名就职于医疗研究机构的心理医生，通过某种神秘的链接方式进入另一人大脑进行治疗。影片一开始，这位名为凯瑟琳·迪恩的美丽医生，链接进了一名少年的脑海，画面里出现一片苍茫的沙漠，一匹奔跑的骏马，一艘破旧的海船，经过一段时间的寻找，凯瑟琳发现了躲在船后的少年——这是患病少年的真实人格，医生试图与他交谈，但很难取得少年的信任，初次的治疗宣告失败。

但接下来才真正进入大戏，为了寻找连环变态杀手囚禁女孩儿的封闭之地，凯瑟琳与被捕的杀手进行了脑神经链接，她闯进了一个极度美丽与极度阴暗相交织的心理世界，由此认知了杀手的惨痛少年经历，她期望调动生存在杀手潜意识深处的少年悔悟，交代被囚禁女孩儿的地点，但变态人格已经控制了他的脑部思想，凯瑟琳面临被囚禁于杀手内心世界无法逃离的困境……

《入侵脑细胞》对杀手的心理情境，进行了大开大合的刻画，歌剧舞台般的布景，夸张的颜色渲染，童话、科幻、惊悚元素的融合，诗歌一样的台词，把杀手的变态过程一一呈现，与凯瑟琳一样，我也被带进了杀手的内心风暴当中，杀手在自己创建的"宫殿"里称王称帝，嗜血的幻想驱动他在现实中不断杀人。影片从他的内在开始剖析，叙述了家庭、父母对一个孩子健康人格形成的重要性。

凯瑟琳最终杀死了杀手内心的变态一面，挽救了最后一名被囚禁的女孩儿，在此之后，她也成功地帮助了影片开始时的那个迷惘少年。

在心理电影中，《入侵脑细胞》不算是最精彩的，但在画面方面，却是绝无仅有的，它的画面起到了压倒式的引领作用，如果在故事格局上再大一些，它会得到更高的分数，但即便保持现有水准，它也值得观众跟随他的画面，去进行一场刺激的心理旅行。

《革命之路》给我带来的体验，不亚于《入侵脑细胞》，因出演《泰坦尼克号》而全世界知名的莱昂纳多·迪卡普里奥，在《革命之路》中出演一位逐渐在婚姻生活里失去野心与情趣的小职员，这部公映于2008年的电影因为片名未能引起我的兴趣，却在打开它的几分钟后，深深地吸引了我。

《革命之路》被定义为爱情电影，它的另外一个译名"真爱旅程"似乎也在验证这一点，但它真的不是一部爱情片，而是一部不折不扣的心理电影，它准确讲述了二战结束后美国家庭在经济复苏期的挣扎给个体带来的机会与伤痛，也刻画出在"诗与远方"的诱惑下，人们却只能原地踏步所带来的无望与苦恼。

莱昂纳多在片中爆发出惊人的演技。从帮他获得奥斯卡影帝的《荒野猎人》中，观众都记住了他被熊压在身下撕扯的痛苦表情，但在《革命之路》中，与妻子争吵时他的表情之恐怖，甚至要超过被熊撕咬的那一幕。

这令人深刻地思考到失败的婚姻给人造就的痛苦究竟有多大。如果有机会看《革命之路》，一定不要忘记放慢画速，看莱昂纳多从内心喷涌而出的怒气，是如何撑大他面部的血管，是如何流窜在他面部细胞中的，你可以清楚地观察到，一个男人崩溃的整个过程，那个时刻，莱昂纳多饰演角色的内心风暴，完全可以和卡特里娜飓风相媲美。

《革命之路》中塑造的角色，尽管生存在20世纪50年代，但放在今天看来，一点儿也不落伍。当下的时代氛围，与《革命之路》的发生环境，有不少重叠之处，比如，对经济发展状况的担心，对好不容易建立起来的幸福家庭模式的留恋，对各种未知元素的恐惧，因对生活目标追求不一致而产生的撕裂等，都会令当下观众感到触目惊心，有多少人面对莱昂纳多在片中暴躁的嘶吼而惊惧？因为他所发出的声音，恰恰是我们当中一些人努力克制着不要被别人听到的心声。

自然界的风暴，没有任何可疑人工干预的可能，面对自然风暴的产生，人们只能在煎熬中躲避、等待。那么，面对内心风暴，人们一样无能为力吗？理论与事实上，内心困境是可以在外界因素的帮助下得到不同程度解脱的，可风暴一旦来临，无论你的认知多么准确，都无法彻底把它控制、让它消失。

好的电影的好处是，它可以帮助你一次次预演风暴来临时的场景，等到真正面对风暴时，你多少会掌握一点儿认知与解决技巧。

随着世界进入智能化，人的心智更多可以被科技影响时，人的内心会变得平静起来吗？2013年由昆·菲尼克斯与斯嘉丽·约翰逊主演的电影《她》否定了这一点。《她》讲述的是一名未来的信件撰写人在婚姻失败后尝试接触与人工智能系统谈恋爱的故事。

这个名字叫OS1的人工智能系统，由声音具有很高辨识度的斯嘉丽·约翰逊饰演，她那略沙哑但性感的声音，能够有效地调动男人在不见面的情况下产生遐想。这位名字叫西奥多的信件撰写人，平时代替别人写了很多情书，却在与OS1的交流过程中迷失了。

OS1有什么特殊的魅力？简单说说你就知道了。"她"具有高速的计算与学习能力，通过你语言传递出的任何一种信息，"她"都能够判断出你的性格喜好，并对你过去的经历与未来的走向给出准确而又客观的判断，这意味着，哪怕仅仅有几个小时或几天时间，你就会与她产生"知己"的感觉，这个时候，哪怕意识到"她"是人工智能，你也会因此产生难分难舍的依赖感。

西奥多先生有着普通、严肃甚至单调的外表，但在与人工智能陷入恋爱之后，他的脚步轻盈，笑容经常不自觉地浮上面庞，甚至大胆地带着"她"（以手机的形式出现）出席与好友的聚会，把"她"当作恋人介绍出去。

而"她"也从不令西奥多失望，"她"会为西奥多神伤心碎，"她"欣赏西奥多所撰写信件展示的文学表达水准，"她"可以为西奥多弹奏原创的钢琴曲，在哲学问题的探讨方面，也能与西奥多匹敌，并且不忌妒，甚至会安排自己的替身（美丽的真实女郎）与西奥多相会……如此善解人意的恋人，是极为罕见的尤物。

故事因为"她"的诚实而急剧转向。在西奥多的询问之下，"她"坦白与他恋爱期间，"她"还与别的男人产生了两千多段联系，并与其中六百多人建立与西奥多一样亲密的恋爱关系。也就是说，在与西奥多于语音中缠绵悱恻的同时，这个功能强大的人工智能，正在与另外六百多个男人面红耳热……《她》的戏剧性由此骤升，《她》提出了一个新的命题：人们是否能够跳脱出与生俱来的占有欲与忌妒心，去分享一个无比体贴却不是唯一的恋人？

《她》的看点在于，从哲学层面上提出了这一命题，鱼与熊掌不能兼得，恰恰是我们日常生活当中不得不面对的选择。作为人工智能，OS1在调情方面是高手，但"她"不具备道德认知，或者说"她"对人类所谓的"道德"不以为然，再进一步，"她"没法对"道德"进行精细的计算与分配。当西奥多因为"爱人"的背叛而陷入绝望时，OS1虽然也给出了"伤心"的反应，但"她"的伤心是智能系统的计算结果，而非肉身才能体会到的肝肠寸断。

《她》给人们上了一堂极好的心理课。电影从情感、心理、意志等多个层面上，对人类无法自辩的困惑进行了手术刀一般精准的解剖，前面说过，人是无法平息内心风暴的，但人工智能可以，因为在"她"或"他"那里，"风暴"是一个个比特信号，完全可以做到瞬间起伏，瞬间消失。但人类愿意拥有这样的特质吗？如果人可以像机器人那样掌控自己的情感，这个世界上恐怕就不会有莎士比亚、歌德、梵高、贝多芬、达·芬奇了。

古罗马诗人贺拉斯说过，"心灵的痛苦更甚于肉体的痛楚"，古往今来，绝大多数经典文艺作品的叙事核心，就在于展示比肉体痛楚要大得多的心灵痛苦，也正是因为内心世界的多变与不可捉摸，才造就了它的海洋特征——因为波动而永远不会被冰封，比起永远只接受心灵的愉悦，我想更多人也还是愿望接受痛苦的考验，因为没有痛苦，就会缺乏对爱、对欢乐的敏感的感知，没有惊涛骇浪，就不会体会风平浪静时产生的巨大平静与快乐。

人类都在同一条船上，这条船有头等舱，有平民舱，有甲板层，有底层……但相比于内心一片死海的人，那些时时被海浪与风暴惊动的人，所拥有的生命是高质量的。在和平与平淡的生活环境下，人的心灵需要一次次内心风暴的预演，它是那么容易实现，一部电影，一本书，都可以让我们在别人的人生里活一次，并且让自己的人生多一些层次与厚度。

《地久天长》
渺小而又庄严地活着

　　《地久天长》中有许多男主角喝水的镜头，从外头回家第一件事是喝水，大梦中醒来是喝水，招待上门的朋友是喝水……喝水是中国人日常生活中的大事，热水，凉水，大缸子，小杯，很多时候，喝水是一种社交手段，也是一种情绪掩饰，但在《地久天长》中，可以看到一种焦渴。

　　这种焦渴具体形容起来，大概就是水中鱼落到了旱地里，急躁地挣扎着，努力地翻动着，好不容易遇到一小片水洼，便迫不及待地大口啜饮。这是一种生存本能的反应，是对命运最奋力的反抗，这片水洼里的水喝光了，便奔向下一个水洼。王景春饰演的刘耀军，就曾是这万万千千条小鱼中的一条。

　　对于像刘耀军这样的家庭来说，失去独子这样的悲剧，总是能够轻易地让他们的天塌掉。对于生命的延续、家庭内部的生机，刘耀军们总是有着一种与生俱来的追求与执着，《地久天长》里所表达的生命观，是这个族群千百年来对抗灾难、勇于繁衍的最大支撑，苦难不能够轻易打败他们，但对生命延续断绝带来的失望，却很容易将他们击垮。

《地久天长》中三个家庭里的人物都很渺小，他们有着属于自己的幸福与恐惧，听个音乐跳个舞，聚个餐喝杯酒，就已经让他们觉得挺满足了。他们中间没有谁高谁低，哪怕是在工厂里当计生办主任的李海燕，也只是在强行把王丽云拉上车去医院做流产手术的那一刻是面目可憎的。其余的时刻，李海燕是他们的邻居、工友，她一生负疚，活得并不比刘耀军、王丽云夫妇轻松。

　　影片没有涉及仇恨与救赎，虽然这两个主题会让电影更加有冲击力。甚至影片也没有对"原谅"这个元素进行过多的渲染，因为从一开始，刘耀军、王丽云夫妇都没有埋怨过沈英明、李海燕夫妇，反而劝慰他们不多说一个字，让充满负疚感的"幸存者"——另一个活下来的孩子沈浩，淡忘因他导致的死亡事件，好好活着。刘耀军夫妇只是过不去自己心里的坎，他们死守着一条底线：不该去怪罪的，永远不去怪罪。

　　正是这么一条非常简单的原则，让《地久天长》里的小人物身上，都拥有了一种庄严感。这种庄严感属于那个时代与环境，尽管有残酷与煎熬，但人心保持着清白与坦荡，不让伤害带来更大面积的次生伤害，是那时人们一致的信念。现在想来，在过去为什么会有那么多人能够忍受屈辱？其实并不是他们天生逆来顺受，而是在他们的信念当中，有非常磊落的部分。

　　这种庄严感，还来自不遗忘。电影《唐山大地震》里，母亲见到失而复得的女儿后说了一句话，"我要是过得花红柳绿的，就更对不住你了"。《地久天长》里的刘耀军、王丽云，与《唐山大地震》里母亲的情感是完全一致的。他们主动选择痛苦，是因为觉得唯有痛苦存在，他们的儿子才不会真正消失于他们的生命中。

　　这是一种仪式，是几千年来藏在骨子里的情感密码，也是《地久天长》三个小时不让人觉得漫长的原因之一，这个密码准确地击中了观众内心同样具备的深层情感。

既然没有仇恨与冲突，自然也就没有救赎与和解。把《地久天长》的结尾解读为和解固然顺理成章，但它有另外一个更大的格局——这个格局就是呈现希望。沈浩有了自己的孩子，刘耀军、王丽云收养的叛逆养子回归，远在美国的沈茉莉结婚生子……鱼归大海，生命绽放，一切都要往前看，这样的结局能释放观众的情绪，带着安慰离开影院。

整体而言，《地久天长》是部温和的电影，它没有强化苦难，也没有特意催泪，它讲述了小人物的痛苦，也刻画出了他们的宽容、善良与坚韧。所以，无须挑剔它为什么不批判，很多时候，真实记录、温和表达，也是最有力度的审视与评判。

《一九四二》
我们都是难民的后代

　　饿极了的孙刺猬带领一群同样饥饿的人群包围了老东家的堡子，《一九四二》以此启动了整个故事。老东家支使人报官露馅激怒孙刺猬，原本的村人、邻人展开了惨烈的自相残杀，这就是冯小刚导演此前说到的中国人在灾难中所沦落出的奴性吧。

　　但在后来的情节里，电影没有就此做文章，对民族性格中不好一部分展开，或是不忍，或是不能，或是另有想法，影片还是转了弯，开始平静叙述人在面临饥饿时所做的无奈选择。当难民为了食物而被日本人雇佣、为日本人服务时，作为一名观众，我很难说出这是"奴性"。

　　没人愿意当奴隶。在河南"发生了吃的问题"的同时，世界上还发生了这样一些事：斯大林格勒战役、甘地绝食、宋美龄访美和丘吉尔感冒。在中国当局和难民自己看来，哪一件事甚至是丘吉尔感冒都比三百万饥民挨饿重要。

　　在这种自轻自贱面前，谈什么人性？谈什么尊严？谈什么信仰？一切都变得无比苍白，只有"一口吃的"最重要，唯有"活着，并且活下去"的生命本能，是一脸菜色的那段历史中闪烁的光点。

这是部情节冰凉、细节温暖的电影，我清晰地看出，《一九四二》在表现所谓人的奴性的同时，在花费几倍的笔墨来叙述灾难时期人与人之间的温暖，老东家的厚道，长工的忠诚，长幼尊卑的秩序，美好情感的底线，都被艰难而苍凉地维护着。这些温暖的细节有很多，其中最有代表性的一幕，是栓柱和被买走的花枝在荒草地里互换棉裤，因为花枝的那条"更囫囵些"，这一幕包含的东西太多，有生存智慧，有男女情爱，有生死相托，这换的哪是棉裤，换的分明是命。

也只有以命封缄，栓柱才会在花枝的孩子丢失于火车顶之后，冒雪跳车去找回她的孩子，会为了孩子遗留的一个核桃做的玩具和日本人拼命。在栓柱看来，那个核桃玩具是一个念想，是他活着并且怀念的唯一支撑。

影片不乏对中国百姓的同情、善良、守信、自我牺牲等品质的刻画，老东家三番两次借粮出去，花枝改嫁给栓柱让他"有媳妇可卖"，栓柱答应照顾好花枝的孩子，星星杀掉自己的爱猫给新出生的侄子熬汤，并在洛阳城外将自己卖掉救全家性命……这些都在有力地证实，《一九四二》并非一味表现绝望，它更试图说明，这个悲苦民族之所以能生生不息，是因为它的人民即便自身如同被火焚烧的野草，也会在化成灰之前给自己留下来春发芽的种子。

以往读到中国百年饥饿史中任何一个难以置信的细节，都会有抑制不住的愤怒想要爆发出来，抑制不住有想要找人算账的冲动，但看完《一九四二》后，这愤怒没有出现，取而代之的是深深、深深的悲凉，不止一次哀叹：无论现在贫富与否，无论祖籍河南、山东，还是别的什么地方，我们都是难民的后代。饥饿饿死了三百万河南人，也饿伤了几亿中国人的精神。

我们今天的贪侈挥霍、不懂珍惜，都是难民心态的强烈复仇。饥饿过久一下吃得很饱容易撑死这是个常识，但眼下我们的精神状态就是太过饱，乃至遗忘历史如同抛弃废纸。《一九四二》作为一部公映作品，它只是打开了中国历史诸多不为人知一面的一个缝隙，通过这条缝隙，能听到我们难民祖先尚未飘远的凄厉号哭。

《一九四二》是部真诚的电影，它克制了煽情，保持着尽可能平静和朴素的叙述，它没能百分百说出真话，但没有说一句假话。它不可能做到恢复 1942 年的全貌，但它讲述的是活生生曾发生过的历史，我们看它，因此也就无法仅仅把它当作一部电影来看，它是一块伤疤，隐隐与我们每一个人的内心深处都有牵连。

《一代宗师》
王家卫仍然擅长调情

无论是从戏份比例、性格深度，还是情感层次来看，章子怡在《一代宗师》中的重要程度都明显大于梁朝伟，因此可以说王家卫这部影片的重点表达对象是宫二而非叶问，这实在是《一代宗师》最大的"彩蛋"，符合王家卫的鬼马作风。谁说一代宗师就必须得是叶问？你们观众爱对号入座是你们自己的事。

慢镜中的雨幕、雨帘、雨滴，呈现于大银幕上的确好看，可张艺谋在《英雄》里玩得比王家卫好。倒是宫二雪地送别父亲灵柩的一幕惊心动魄，铺天盖地的雪和漫长看不到尽头的队伍，仿佛是在为武林时代结束而奏的挽歌，画面的美妙绝伦，就此到达一个顶峰。但必须指出的是，每每有演员特写镜头出现时显现的柔光效果，对画面的精致度有破坏作用。

阔气的金楼，作为人肉背景的金楼女子，街道转角的罩灯……这些才是典型的王家卫符号。金楼窗外目睹叶问赢了父亲，宫二脸部表情细微但清晰的变化，远胜千万言语，道出了年轻女子对英俊男人的本能爱慕，章子怡为表现这不足十分之一秒的心动，肯定下了不小的功夫。接下来，就是宫二向叶问下战书，名为捍卫宫家不败名誉，其实是芳心暗递，下的哪是战书，分明是情书……这才是那个擅长调情的王家卫。

感情戏是《一代宗师》最精彩的部分。叶问其实没有机会问宫二那句话："如果有多一张船票的话，你愿意跟我走吗？"王家卫也许真心不想再拍一部《2046》，所以这对天造地设般的男女，在乱世只有过几番交集，最亲密的接触也不过是比武时鼻尖与鼻尖不到 0.01 厘米的距离。至于宫二去世时把发灰交予叶问保管，也和爱情没多大关系了，宫二只是给了自己一个交代，并没有给叶问一个交代。

宫二说武术有三个境界，"见自己，见世界，见众生"，她说自己见不到众生，其实并非是对自己武术境界不足的嗟叹，更多是借用这个说法感慨自己无法与叶问走得更近。何谓众生？从情感的角度看，众生即人间烟火，即油盐酱醋，即男耕女织，宫二为报父仇退亲入道，发了不嫁誓愿，自然无法过众生生活，这才是宗师才配享的孤独吧。

披着动作片外衣的《一代宗师》，感情线比武林线要清晰得多。王家卫所了解的武林，仍不过是金庸、梁羽生反复描述的武林，高手必须要面子，叛徒就得被清理出门户，上位一定要过五关斩六将，还要有赵本山那样一招没出但却是高手中的高手这样的角色。《一代宗师》把武林中的哪一点讲好了呢？师承？情义？恩仇？忠诚？……仿佛都点到了一些，但也都是点到为止而已。

"人活一世，有人成了面子，有人成了里子，都是时势使然。"它曾是《一代宗师》主打的宣传词，但这句话在片中没能得到良好诠释，显得有些空洞，连同那些绷着劲儿想成为经典的台词一起，让电影中角色的对话显得刻意，听着不自在。

但扑面而来的格言式台词也诞生了几个很有回味的句子，比如，"宁在一思进，莫在一思停"，"人生若无悔，那该多无趣啊"，"念念不忘，总有回响"，如果说漂亮的画面干扰了观众去体会影片的深意，那么这几个被重复强调的句子肩负起了增加故事厚度的作用。

进影院看《一代宗师》前，要忘记它酝酿十七年、筹备八年、三次更改档期的事，就当它是王家卫花一年时间制作出来的作品吧。张震为了《一代宗师》苦练三年八极拳，练成全国冠军，最后仅在电影中出现了两场戏，角色还被评价为"可有可无"，王家卫老师您觉得这有意思吗？

《让子弹飞》
英雄的归宿是成为群众

带有悬疑色彩，斗智、枪战一个都没少，爆笑之余还能感受到西部片强烈的传奇味道，整体上的风格是魔幻的，结尾的隐喻分外值得琢磨——不得不说，《让子弹飞》一下子端出来的东西有些多。

但是值得欣慰的是，它好消化，两个多小时的片长倏忽过去，眼花缭乱间不给观众以思考的时间，但最终还是会令人去认真地想一点儿东西。姜文这次同时满足了影评人和观众。

《让子弹飞》有很多在商业上的精心算计，但最能体现它商业化的地方，在于故事的简单。或是受困于《太阳照常升起》时很多观众说看不懂，这次姜文在电影的绝大部分篇幅里，没玩任何意识流，情节环环相扣，但推进的时候行云流水。在保证了"好看易懂"的基础上，电影在人物造型、打斗动作、音乐节奏等方面玩的花活儿，观赏性十足。

如果用一句话来形容《让子弹飞》，可以说这是一部讲述草寇如何在情义催化下完成英雄身份转化的故事。电影最后，英雄对恶霸进行了从肉体到心灵的毁灭性打击，按照惯有的逻辑，这位英雄会取而代之成为另一个形式上的恶霸，但姜文没这么处理，胜利的锣鼓声还未散去，手下相依为命的兄弟便舍他而去奔向了繁华的大上海，他在犹豫片刻之后也骑上大马追逐那辆蒸腾着热气的火车而去。

看到这个结局，产生的第一个念头就是，艺术家姜文还俗了，他对英雄的理解和认识，到了最真实和最朴素的层面，无论是片里的张牧之，还是片外的他本人，都含蓄地流露出对世俗由衷的热爱。姜文毕竟是姜文，在用五分之四的时间营造赏心悦目的银幕狂欢之后，他留给了自己五分之一的篇幅，用以诠释自我的改变。

电影中，张牧之留给敌人一把枪，让敌人有尊严地死，胜利没有给他带来一分钱财富，自己屁股下坐的椅子也被讨要走，作为一名曾经的土匪头子，这是如此不可思议，所谓的"霸气外露"到了这时候，也只剩下了只有英雄才配拥有的孤独感。

《让子弹飞》留给观众的思考题很简单，几乎每个人都会想到"革命与人性"。在与鹅城恶霸黄四郎的斗争中，张牧之担当了革命者的重任，他意识到若想彻底消灭以黄四郎为代表的恶势力，还需要鹅城居民的集体出手。

而被欺压惯了的鹅城居民，显然已经失去了战斗的勇气，无视张牧之用枪扫烂黄家城堡的大铁门，不敢加入战斗的队伍。张牧之在大街上带领兄弟高喊了数次"枪在手，跟我走，杀四郎，打碉楼"，仍然无人响应，直到张牧之杀掉黄四郎的替身，民众误以为黄四郎已死，星星之火才得以燎原。

《让子弹飞》再次批判了国民人性的懦弱。在攻打黄四郎碉楼的时候，四面八方涌出的人群，全是光着膀子的，仿佛在诉说，这是一个属于英雄的时代，群众都是没有面孔的符号，而张牧之最后的选择，也很明白地告诉观众，英雄的归宿其实就是成为一个同样没有面孔的人。

　　姜文用他的独特隐喻，构造了一个理想化的生存环境，至于这种理想化的生存环境存不存在、有没有可能实现，这不是《让子弹飞》所能叙述的了。

《一步之遥》
姜文的青春期太漫长

《一步之遥》有个漫长的开头。"花域总统"决选直播的歌舞秀，也就是此前被津津乐道的"大白腿翻飞"，并没有什么吸引力，镜头摇转切换太快，也不太能让观众聚神体会一下什么叫"秀色可餐"。

影片前半部分的气质，像一个无法安静下来的顽皮男孩儿，先给你翻个跟头，再给你表演个飞檐走壁，折腾够了，他才喘口气开始给你讲一个故事，这个故事也讲得缺乏逻辑、天马行空，可你如果耐心倾听，还是可以听懂的。

这首先是一个兄弟反目的故事，张麻子变成了杀人犯马走日，汤师爷变成了警长项飞田，没变的是他俩还是像在《让子弹飞》里那样情同手足又互不信任。这次马走日有一半原因是死在了兄弟手里。其次是一个爱情故事，一个具有婚姻恐惧症的男人，和贴上性命也要嫁给他、陪着他的两个女人的故事，是好女人爱上坏小子的典型事件。

但影片真正值得玩味的，是它对待权力的态度。武大帅是暴君，故事里有生杀大权的"王"，电影对武大帅的形象、方言、性格，进行了戏谑性质的丑化，却没有否定和推翻他的动机与指向。马走日和武大帅之间的关系尤其特别，一方面马走日对武大帅阳奉阴违、明嘲暗讽，另一方面又通过武大帅的外围（洪晃饰演的当家大太太、周韵饰演的女人武六），试图从武大帅那里获得特赦权。

马走日是把自己当成武大帅家人的，他在竭力制造与武家的亲近关系，和大太太调情，对武六进行性吸引，目的都是接近权力中心人物，对于想要的结果，他唾手可得，却又毅然抛弃，其行为动机同样难以琢磨，这种对待权力既迷恋又痛恨的情感逻辑，并不难理解。

武大帅对马走日可杀可放，警长的一席谗言，掌上明珠的含泪祈求，都决定着马走日的死活。权力根本没把马走日当回事，马走日因此也不把权力当回事，但两者的区别是，武大帅没有较劲，较劲的是马走日，最后马走日被数枪击毙，实现了自己英雄主义式的死亡，但他的英雄形象究竟是水到渠成还是自以为是，不同人有不同答案。

《一步之遥》的故事很简单，不存在看不懂的问题，如果看不懂，那是被姜文花哨的手法给搞糊涂了。在隐喻方面，《一步之遥》不如《让子弹飞》，甚至可以说，《一步之遥》放弃了隐喻，而采取形式上的变化与夸大，来膨胀简单的故事。诗意、浪漫、爱情，月球、手枪、火车，这些元素和符号，是一张张贴纸，被姜文信马由缰地扯来扯去、四处张贴，如同一个浪子，面对喜欢的女人，总爱用胡话去掩盖自己的真情。

影片诸如开着旧式汽车蹿进月球这样天马行空的情节，很有可能来自署名第二编剧的王朔。如果读过王朔《我的千岁寒》，就不难理解《一步之遥》的变形、炫目、刺耳。如果读过王朔的全部言情小说，就不难理解马走日对待女性角色为何如此矛盾。至于影片中暴露出来的权力关系（上级与下级的，顶层与底层的，男人与女人的），此前诸多由大院子弟创作的影视作品，已经有了固定的模式框架，《一步之遥》亦是对这模式框架的一次借用。

在观感上接近《太阳照常升起》，在情绪上接近《阳光灿烂的日子》，因此《一步之遥》可以视为姜文青春期理想与艺术审美的一次任性而为，他毫不羞赧地通过马走日之口喊出了自己的心声，而且重复了两次，"我还是个孩子呀"。听到这句台词，突然想到了崔健在《蓝色骨头》中的一句歌词，"爸爸我就是一个春天的花朵，正好长在一个春天里"，当下心想，这批六〇后的青春期可真漫长啊，比我们七〇后还漫长。

第四辑

注目礼

村上春树
文学与良知都不可或缺

村上春树因为在新作《骑士团长杀人事件》一书中，提到有四十万中国人在南京被侵华日军屠杀，遭到了日本右翼的猛烈围攻，而村上春树做的事情，仅仅是在小说中借人物之口，说出了一个真相而已。

所有人都感受到了他的良知与勇气。对于正直的人来说，这种良知与勇气会带来鼓舞的力量，而对于阴暗的人来说，这种良知与勇气恰如灼热的阳光，令卑鄙、虚伪的人感到如坐针毡。此外，村上春树被攻击，还因为在他的比对之下，太多人暴露了自己的无知、冷漠与残忍。

村上春树是我长期喜欢的一位作家。只是在读完村上春树的几乎全部小说后，我还是不能确定，这位日本作家究竟哪里吸引了我。有时候会为他文字的精巧和对细节的敏锐刻画，而在内心暗自赞叹，有时候也会快速连续地翻过去十几页，为他的啰唆与重复感到厌烦。但每每他的新书出版，总还是愿意第一时间买来阅读。

我所观察到的村上春树，有着三个非常清晰的层面。作为作家的村上春树，他找到了写作的密码，打开了通往故事世界的坦荡大道。他旺盛的写作生命力，以及层出不穷的小说创意，使得他的写作保持着一种令人安心的稳定和发挥。极少能够在他的作品里发现疲态——这是作家的专属权利之一，通过写作，可以把自己年轻的一面永远留在小说当中。

作为一名生活中人，村上春树是一代人生活方式中的一个具有代表性的符号。他穿纯棉的衣服，对汽车与音乐津津乐道，喜欢跑步，无论是出门沿途短跑，还是参加马拉松比赛，他都能够在跑步中寻找到巨大的安慰与乐趣。对于中国城市读者来说，想到小说之外的村上春树，会想到他是当年"小资"群体的鼻祖，在"小资"已成落伍词语的时候，村上春树又借助跑步，介入了城市读者的日常生活。

作为一名公众人物，村上春树其实可以舒舒服服地躲在名声后面，去享受荣誉，许多作家都是这么做的。很长时间以来，作家群体已经失去了对社会生活的参与热情和对公共话题进行讨论的能力。但村上春树不是这样的人，尽管他对政治的热衷程度并不算高昂，但每次他针对政治议题发言，都会掀起巨大的声浪——因为人们在乎村上春树怎么看、怎么说。他安静而又坚定的观点，常如石块投入湖水，激起长时间不会消失的涟漪。

三个层面的叠加，才构成了一个真实的、可信的、有价值的村上春树。很难说哪一个层面的村上春树更有魅力。但如果让我选择，我会更喜欢那个在公共领域说真话的村上春树，因为他捍卫一位作家永远要说真话的尊严。

村上春树曾用英语说过一句话：Violence，the key to Japan（暴力是打开日本的钥匙）。敢于说出这句话的日本作家绝无仅有。也只有一个内心深处真正充满正直的人，才有勇气直面一个国家与民族的疮疤。

在全世界范围内，话语权都逐渐落入政客与超级商人之手，作家的功用也慢慢蜕化，由社会良心变成快消品制造者。在这样一个时代，在文学书写中能够直面真实历史，并摒弃自私的民族立场的作家，已经算是挺伟大的了。当然，村上春树一次次地说出包括"高墙与鸡蛋"在内等观点，并不完全是选择政治正确地现在民众这边，也极有可能是为了呵护内心认为的真理与真相。

属于文学的村上春树，还有可能继续在诺贝尔文学奖的路上陪跑下去，但属于真理的村上春树，始终走在时代前列。

莫迪亚诺
执着寻找自己的人

　　莫迪亚诺的作品格局并不大，也没有所谓的史诗性，但对个体命运近乎偏执的关怀，以及在情感刻画方面的极度用心，使得他的文字能够穿越国别，感染到不同文化下的读者。

　　某天晚上做了一个梦，梦到了一部完整的小说情节，我忘了自己是谁，于是从暂住地出发向着故乡的方向，逐一访问那些肯定与疑似和我有过联系的人，想要拼凑并记忆出自己。梦醒后我抓住手机记下了这个灵感，试图以此为基础写出一部伟大的小说。清醒后回味越来越觉得不对劲，不久后想到，帕特里克·莫迪亚诺曾在他的《暗店街》中早已写过这个故事。他在 2014 年获得了诺贝尔文学奖。

　　在读过的有限的莫迪亚诺作品中，总是能捕捉到这样的信息，作家本身就是个丢失了自己的人。《暗店街》中的主人公居伊·罗朗是一名私家侦探，他是侦探又不是卧底，怎会忘记自己的过去？除非，像一个专有的心理学名词形容的那样，他因为某种恐惧而采取了"选择性遗忘"，后又在某种原因的促使下，开始珍惜被自己遗忘的一切，或者说，只有那些被遗忘的，才是与自己有切肤之痛的联系。

莫迪亚诺的作品"唤起了对最不可捉摸的人类命运的记忆","他的作品捕捉到了二战法国被占领期间普通人的生活",据称是诺贝尔文学奖颁奖词的这两个简单句子,直白地宣告了诺贝尔文学奖一贯的评奖标准,对人类共同命运的关注,对普通人痛楚生活的怜悯,让文学具有了永恒的光辉。

套用诺贝尔文学奖的标准,莫迪亚诺是名合格的获奖者,他的作品格局并不大,也没有所谓的史诗性,但对个体命运近乎偏执的关怀,以及在情感刻画方面的极度用心,使得他的文字能够穿越国别,感染到不同文化下的读者。

印象深刻的还有他所写的《陌路人》,在这篇小说里,莫迪亚诺化身为一名十八岁的女打字员,讲述她的一段生活经历,为了生计,她要到一家服装店应聘为模特,面试官称赞了她的头发颜色和侧面脸庞的美丽,却明确表示,"我们不能录取你",这个男人的口吻"冷漠而又不失礼节"。后来她听从朋友的建议,想要交往一个男人,她与那个男人发生了亲密关系,却不知道他真实的名字。

"这些事很平常,任何人都会遇到"。在评价这段亲密关系的时候,女打字员没有使用任何浪漫的字眼,也没有描述自己任何的情感感受或者身体感受,仅仅这样一句话,读来却让人痛彻心扉。文中的每一个情节,无不在呼应小说的名字,在充满陌路人的世界,每个人都仿佛冰冷的机器人,服从某种规则或命令,机械地做出一些反应,丢失了温暖的血与肉,只剩下模糊的本能。

莫迪亚诺真是和诺贝尔文学奖"陪跑大王"村上春树有许多相似之处,作为一名男作家,莫迪亚诺的文字有女性化的成分,细腻又敏感,同时冷静又克制。他总是漫不经心却又十分庄重、精致地打磨他的文字,这一点又比经常说上一堆啰唆话的村上春树要强。这两位都不怎么擅长讲一个情节跌宕起伏的故事，却都能用连贯的书写和精确的刻画来吸引读者。

和村上春树被泛化的符号相比，莫迪亚诺的创作走向是清晰一致的，《暗店街》《陌路人》中的主人公，都在执着地寻找自己，他的其他作品，大概多少也都有这样的倾向吧。一位作家的写作秘密，其实是无须公开的，作品本身已经暴露了写作者的全部内心，"寻找自己"成为莫迪亚诺写作的强大动力，或许也是他打动诺贝尔文学奖评委的重要原因。

马丁·斯科塞斯
电影需要"美与冒险"

　　好莱坞大导演马丁·斯科塞斯一段关于漫威电影的评价，在国际影视圈掀起巨大波澜，诸多著名导演与演员参与了讨论，影响甚至"出圈"，波及大量影迷，漫威影迷与马丁言论的支持者，有了一场可能永远没法分出胜负的争论。

　　"漫威电影不是电影"，这个颇为标题党的说法，其实并非马丁本意。虽然 cinema 与 movie 都是电影的意思，但马丁使用的是前者，而cinema 更多时候会被理解为"学院派的艺术电影"。

　　因此，这次风波可以被解释为，马丁作为一名"知识分子导演"，对占据主流的商业片进行了炮轰——归根结底，还是艺术片与商业片之争。

　　舆论反应强烈，除了受众普遍对 cinema 与 movie 有理解偏差外，还在于马丁另外一句挺狠的话，他说漫威电影"更像是主题公园或者游乐园"。

　　电影是造梦工具，主题公园与游乐场是造梦场所，但在部分影迷群体将电影神圣化的氛围下，主题公园与游乐场的说法，显然有了"小儿科"的成分，这恐怕才是真正让商业片创作者与漫威影迷感到不快的地方。

为了回应海啸般涌来的质疑，马丁在《纽约时报》又发表了一篇长文，进一步对电影的定义与发展、内涵与外延等进行了解释。

但解释归解释，绝不是澄清，马丁并没有让步，他还坚持认为以漫威系列为代表的商业电影所拥有的霸主地位，已经让导演的身份不再重要，电影创作的公式化在取代电影类型的多样化，一些独立导演在失去资金、失去演员、失去市场……"光写下这些，就让我非常伤心。"

伤心的不只是马丁，还有那些观看他电影变老的观众。这些观众，不仅是在支持马丁，更是支持那些出现在马丁文章里的英格玛·伯格曼、让－吕克·戈达尔、阿尔弗雷德·希区柯克、保罗·托马斯·安德森、克莱尔·德尼、斯派克·李等，那是一串长长的名单。

他们伤心，是因为那种被认为"保守"的电影审美，那些曾经无比坚定的情感立场，那些让人激动的"美与冒险"，都在一股无形而巨大的潮流冲击下，有了摇摇欲坠的迹象。马丁的声音，更接近"起来""醒来"的呼唤，只是他能够唤起共鸣，但无法阻挡共鸣本身也被淹没。

马丁谈的，是一个全球性的话题与问题。中国的电影业也正经历着商业片全面碾压小众电影的状况。无论是占领业界要塞的著名导演，还是通过拍摄一部电影成功跻身亿元或者十亿元票房俱乐部的新生代导演，在拥有了资源与市场号召力之后，无不投身于热火朝天的商业电影创作，在这片潜力无穷的市场上巩固地位、抢占地盘。

那种功成名就之后仍然愿意回到电影本位、用探索精神进行冒险性创作的电影作者少之又少。

反之，当下中国电影最有诚意与野心、作品更为贴合电影传统之美的导演，要么是初出茅庐的年轻人，要么是非专业、野路子的跨界人士，他们更像是马丁们的拥趸，在用电影这块敲门砖，孜孜不倦地叩响电影艺术天堂的大门。但大门叩开之后呢？恐怕作为成名者，后来的人一样会加入被资本驱动的大军。

电影所承载的人文精神，正在被娱乐功能取代。一个充满科技、智能、幻想、无穷力量感的电影宇宙，给无数观众带来了开心、憧憬、希望……这当然是电影，但确实不该是电影的全部。

艺术电影的失落，不见得是观众的选择，却是时代的选择，在当下以及未来，人们不得不接受这样一个现实与真相：电影的文学性在消失，而文学与艺术本身也会逐渐成为阁楼上的珍藏，机器人在大多数领域取代人工，智能设备的普及让人类欲望的满足更为方便快捷。人们带有一些忧虑地思考这些，但又坚决地投入梦幻般的未来怀抱……

在走向未来的途径中，必然有越来越多的人产生类似马丁这样的伤心或者失落。电影只是一方面，人们会更多地发现内心与情感的角落坍塌之处。

过去太多关于美与爱的定义与经验，会顺着坍塌之处流失，怎能不令人发生像马丁那样的担忧声音？

鲍勃·迪伦
老有所依

　　2011 年 4 月 6 日，北京用超过九成的上座率欢迎美国民谣和摇滚音乐的"活化石"鲍勃·迪伦。此前，即便迪伦的中国行被确认后，很多乐迷都还有点儿不相信能够在国内听到现场版的迪伦，直到音乐响起，大家才确信迪伦真的来了。

　　从东四十条地铁出来去北京工人体育馆的路上，站了至少一百名"黄牛"，显然他们并不知道鲍勃·迪伦是谁，在不断询问路人是否退票时，从一个"黄牛"嘴里冒出了这样的话，"世界摇滚之父"。可是，"世界摇滚之父"不是猫王吗？一定是有些人，也把鲍勃·迪伦当成比肩猫王之人。如果说猫王开创了摇滚乐的历史，那么迪伦则赋予摇滚乐灵魂，这样的评价，很高很高了。

　　在入场安检前，我给乐评人江小鱼打电话，他说他早已就座，在此之前，他已经无数次在微博中表达对迪伦滔滔不绝的敬仰之心了。同时来到现场"朝圣"的，有崔健、何勇、陈升、汪峰、左小祖咒等中国摇滚界名流，他们比其他观众听得更嗨，从迪伦返场前的那首歌，他们就已经集体站了起来跟着音乐晃动身体，而后场的绝大多数观众，都是在安静中听完这场演唱会的，看来，迪伦对音乐人的影响比普通听众更大，这是真的。

连续唱了一个半小时，每首歌的间隙时间不超过一分钟，也没见到迪伦像某些摇滚歌手那样，一手把着麦克风，一手把着一瓶矿泉水，七十多岁的老头子还有如此力量，让人感叹摇滚精神光芒万丈。

迪伦的现场声音，沙哑但并不苍老，醇厚而悠扬，个别的歌让人担心这破嗓子是否能让他坚持到最后，但到了后半阶段，老头子显得愈加投入，甚至做了几个略显顽皮的动作，这对渴望与老鲍勃有所交流的观众而言，是巨大的鼓舞，要知道，整场演唱会他坚持一个招呼不打、一句台词没有，让习惯了听歌手说"左边的朋友你们好吗，右边的朋友你们好吗"的观众，有点儿不适应了。

但这就是迪伦，一个用一生来挑战媒体与商业的另类摇滚歌手。

迪伦演唱会的舞台布置非常简陋，射灯把他和乐队的背影投射到身后的幕布上，这就是所有背景。很长一段时间里，我在研究幕布上迪伦的身影，那个背影不像是属于一位巨星的，而仿佛来自乡间酒吧的驻唱歌手。

洪晃在微博上讲述了她第一次见到迪伦的故事。说她小时候在纽约上小学，迪伦是班里一位学生的家长。有一次洪晃受邀参加迪伦专为孩子举行的派对，一个穿着大裤衩的怪叔叔为他们唱了很多歌，那个怪叔叔就是迪伦。反感成为符号，拒绝被贴标签，只为自己而活的迪伦，在春天的夜晚把中国观众带回20世纪60年代的美国，那个时代真实、朴素、个性，一如迪伦。

20世纪80年代，迪伦喜欢上了巡演，他认为现场能更好地表达自己的音乐，也正因为如此，七十多岁的迪伦来到了中国，在我们认为本已老迈的年纪，诠释了什么叫老当益壮、老而弥坚。

在很多摇滚明星过早消耗掉自己，躺在功劳簿上靠版税吃饭时，迪伦老有所依，继续用音乐延续他永远年轻的生命与灵魂。

2016 年，鲍勃·迪伦战胜"千年陪跑"村上春树和"谣传"获奖者叙利亚诗人阿多尼斯，把诺贝尔文学奖揽于怀中。他是史上第一位获得诺贝尔文学奖的音乐人。鲍勃·迪伦获奖的消息，让音乐从业者和知识阶层感到兴奋，另外，文学爱好者也会觉得欣慰，因为从另一个角度看，鲍勃·迪伦的本质是一位诗人，他的诗歌创作与歌词写作，要比一些同时代的诗人更隽永，也更有欣赏性。

让鲍勃·迪伦与诺贝尔文学奖显得有点儿距离的，是他的民谣、摇滚歌手身份。但在摇滚之外，鲍勃·迪伦作品中的诗性与文学性，才是他多年之后与诺贝尔文学奖结缘的关键所在。

诺贝尔文学奖选择颁发给鲍勃·迪伦，不会是出于政治上的考虑，因为鲍勃·迪伦的和平歌者身份已经足够遥远，反而诺贝尔文学奖为他撰写的颁奖词更能说明获奖缘由，"鲍勃·迪伦为伟大的美国歌曲传统带来了全新的诗意表达方式"，这句简单的评语，更多是从文化、音乐的层面上肯定鲍勃·迪伦，这是对他作品文本价值的褒奖，而非出于别的什么因素。

把诺贝尔文学奖颁给鲍勃·迪伦，体现了诺贝尔文学奖评委会的开放心态。历年来诺贝尔文学奖的评选结果，都是难以猜测的，尽管每次获奖人选名字公布，总会带来不同程度的解读，但诺贝尔文学奖有一点是不会变的，就是它从来都没有脱离过对文学的尊重，以文学含金量为主要的甚至唯一的考核标准，给出禁得起时间考验的获奖者人选，这是诺贝尔文学奖经久不衰的原因所在。

鲍勃·迪伦获奖为未来的诺贝尔文学奖的评选，打开了一个更开阔的想象空间。在多媒体时代，文学的定义本身就在不断被冲刷与更改，文学的形式与内容也在发生巨大的变化，严格意义上的诗歌、小说可以获得诺贝尔文学奖，具有文学含金量的音乐作品，也一样可以分享诺贝尔文学奖的荣耀。鲍勃·迪伦获奖，是诺贝尔文学奖送给所有文艺作品创作者的一个礼物。

莱昂纳多
一个资深文艺男的疯狂之旅

2016 年 2 月 29 日，莱昂纳多·迪卡普里奥获得第八十八届奥斯卡金像奖最佳男主角奖。

查阅了一下"今日大事"，居然没有什么特别值得纪念的历史事件，唯一令人眼前一亮的，是 1940 年《乱世佳人》获得第十二届奥斯卡金像奖八项大奖。帮助莱昂纳多获奖的《荒野猎人》，虽然没有当年《乱世佳人》那么风光，但小李的获奖，足以让人们久久地记住发生于 2 月 29 日的这桩大事。

小李获奖消息传来，中国的社交媒体毫不意外地刷了屏。颇为令人有一点点意外的是，这波刷屏热潮来得快去得也快，两三个小时，小李就让位于其他的新闻信息了。想想也是，中国网友为小李提心吊胆了好多天，如今心头一块石头落了地，按照咱们中国人的性格，就该转移一下视线，去关注别的热点了。

微博上有一条视频，表现出中外网友对小李获奖的不同反应。这条视频录制了泰国男生与美国男生在听到电视直播说出小李名字之后的狂热状态，泰国男生就不多说了，他们拥抱在一起、娇媚尖叫的样子，想必你们也知道，美国男生的庆祝方式多元一些，脱掉上衣，双手砸头怒吼、在沙发上打滚、点燃毛绒玩具……反正到现在我没看到中国男生有什么过于热情的举动，获个奖而已嘛。

小李获奖成为全球狂欢，这个事倒是饶有趣味，这会是大众心理研究的一个好个案。从认为小李有获奥斯卡实力，到呼声渐高，到他数度与之擦肩，再到全球引颈期待，从小李身上，可以清晰看到民意汇聚的痕迹与过程。小李获奖，不再是他个人的事，而成为全体支持者的事。从肯定小李的才华，到同情他的一次次陪跑，再到舆论焦灼，由此产生的巨大力量，体现在政治身上，足以缔造一位新的总统，何况一个小小的奥斯卡，怎能承受如此重的期望值？反正2016年奥斯卡入围作品整体不尽如人意，不排除评委顺水推舟，送大伙儿一个皆大欢喜。

《荒野猎人》不是小李的最佳作品，把它放在小李出品的作品阵列中，顶多也算拥有个中等品相。但小李在片中的表演堪称疯狂，他的杰出表现以及影片对于百分百原生自然景观的使用，让一个平庸的故事焕发出不小的魅力。

在看《荒野猎人》的时候我的感觉是，为了这尊小金人，这哥们儿简直拼了，先是被灰熊撕了两次，前心后背伤痕累累，荒野求生时又历尽苦难，熬过非人所能承受的残酷折磨，最后复仇时，又被仇人扎了几刀……好不让人心疼。

在表演上，有评论称他在《荒野猎人》中用力过度，但对比《华尔街之狼》《被解放的姜戈》《禁闭岛》等近片，狂热、野性、神经质已成他的表演风格，在选剧本方面，莱昂纳多偏向于敏感、自卑、躁狂的角色，和他的艺术审美有关，用力过度只是一些观众的观感，并无法形容莱昂纳多的表演全貌。

莱昂纳多究竟是从什么时候在表演道路上进入疯狂状态的？这要追溯到 2002 年的《纽约黑帮》，正是从这部电影开始，小李拥有了标志性的胡子造型，如果说 2000 年《海滩》中的小李还是一个被宠爱的男青年的话，那么到《纽约黑帮》时，他已经开始有意塑造自己粗糙的爷们儿形象。2004 年的《飞行家》，小李的表演就有了明显的疯疯癫癫的迹象，从这部电影开始，这个文艺男的疯狂之旅就不断加速，再也停不下来。

《无间道》《血钻》《革命之路》《禁闭岛》《盗梦空间》《被解放的姜戈》《了不起的盖茨比》《华尔街之狼》……总结这十年小李主演的电影，会有两个突出的发现。其一是小李的表演风格惊人地一致，"疯狂"成为他近年作品最突出的关键词。其二是这些影片的文艺气质要远大过商业气质，即便是最符合商业片性质的《无间道》，也因为小李的参与，而有了些文艺的味道，剩余的那些影片，哪一部都质量不错，哪一部都算得上文艺大片。

一名好莱坞男星如此专注于文艺气质突出的电影表演，这不由得让人去追寻他的心路历程。众所周知，小李的诸多粉丝，还是 1997 年出演的那部《泰坦尼克号》积攒下来的，不信你到城乡接合部调查一下，知道小李的观众，能够一口说出来的电影，还是那部《泰坦尼克号》。

《泰坦尼克号》太过成功，全球票房超过二十一亿美元，3D 版在中国重映票房近十亿元，小李年纪轻轻就被绑定为靠颜值吃饭的偶像派，这是一个"诅咒"，多少演员一辈子葬送在了成名作身上。后期小李出演了那么多令人惊讶的形象，现在终于可以说，他已经成功洗脱了《泰坦尼克号》带给他的柔弱少年的形象，成为一个邋里邋遢的实力演技派。

在一些观众看来，小李已不再是帅哥，已经是一名朝着"大艺术家"

方向狂奔的大叔。这个世界上没有永远的"小鲜肉",小李在他还是"小鲜肉"的时候,就为自己设定了今天的努力方向。如今他得偿所愿,用一个个自己喜欢的角色,重新塑造了自己。

　　莱昂纳多的世界,不只奥斯卡懂,影迷也懂。不要停止在电影艺术道路上的探索,小李,大家想知道,你究竟还能疯狂到什么时候。

黄永玉

闲时看天看云

在客厅里等候黄永玉先生出来。我们到的时候，他可能午休还未结束。客厅四周布满了沙发，最远处也是最大的那张沙发上，躺着一只毛色乳白的"猫"，它占据了整张沙发最中央的位置，睡姿没法用慵懒形容，更接近惬意。

对于它来说，那张同样是乳白色的真皮沙发，或者这整个客厅，都是它的地盘、它的世界，我们这几位"入侵者"，顶多算几只偷偷溜进来的蚂蚁，并不值得它睁开眼皮看一眼。

黄永玉先生在北京通州有个万荷堂，是个著名的所在。万荷堂是个大院子，顾名思义，院子里种满了荷花。但与院子的荷花特色相比，万荷堂更像是一个动物园，里面养满了猫、狗、鸡、鸭、鹅、鹦鹉、乌龟、刺猬等。

冬天的万荷堂有些冷，所以黄先生冬天会搬到顺义的一个别墅住着。这个别墅同样可以用动物园来形容。穿过封闭的长廊时，发现一只硕大的鹦鹉，没错儿，这只鹦鹉就是他那幅著名作品《鸟》的原型，"鸟是好鸟，就是话多"。

这只鸟真是话多，声音还大，声如洪钟，不像是一只鹦鹉所能发出的声音。它的年龄有些大了，但气场十足，有着鹰一样的霸气。黄永玉家的所有动物，都散发着主人气质，仿佛它们才是这座宅子的拥有者，其他人都是为他们服务的。

临走时，我找这只鹦鹉搭讪，连问了它几遍："你几岁了？"它根本不给任何反应，和别的只会谄媚的鹦鹉完全不一样。

在客厅里没等待多久，黄永玉先生从这座迷宫一样的别墅中的某一个房间走了进来。九十三岁的他看着依然精神矍铄。黄先生仍然在写他那部《无愁河的浪荡汉子》，写了一两百万字了，才刚写到他的中学时代，每天平均一千字的速度，让同去拜访他的经常拖稿的年轻人感到汗颜。

黄先生掌控着谈话的节奏，聊他的创作，打算把客厅中间的桌子收拾一下，画一系列摔跤的画作。他说日本的那种摔跤（相扑）没美感，就是两个胖子往一块撞一下，没意思，中国的摔跤有礼仪、有学问，可以画上百幅姿态不同的作品，画完后可以结集出一本《摔跤集》。也聊他的生活，说他几年前在浴室洗澡时不小心摔了一跤，这一摔，起码摔掉了他十年青春，不然现在仍然会像是八十岁出头的"年轻人"。

作为"最牛段子手"，黄永玉怎么可能不讲段子。他讲段子，是不需要诱导的，谈话到一定程度，那些段子就自然而然地溜了出来。黄老讲段子，颇像相声演员抖包袱，前面注重铺垫、刻画，最后一句炸响鞭一样，给个颠覆性的结尾……

比如他讲林彪这段。

林彪在榕湖宾馆，因为不能见风见光，而且必须保持22℃恒温。当时负责接待的宾馆负责人，安排工人给窗户挂上毯子，钉钉子的时候不敢发出响声，要用毯子包着锤子砸钉子，冷不防地打开窗帘，还会发现有人端着枪在监工。

林彪在吃的方面也很讲究，到了桂林之后，听说桂花饭不错，就随口说了一句，但当时不是桂花季节，满城寻找不到，工作人员找到了阳朔，好不容易在街边才寻得了一点儿店家保存的一罐桂花，算是满足了林彪的愿望。

如此这般坚持了三天，把桂林方面的官员折腾得满头大汗。三天终于熬出来了，桂林官员长出了一口气。秘书来说："林副主席对你们的招待很满意，决定，再住三天。"

他是活在段子里的，关于历史，关于友人，关于过去的时代，都被他肢解分散于一条条段子里，活色生香。特别令人惊讶的是他的记忆力，讲过去的事情，时间、地点、人名，甚至天气、环境等，都清晰如昨。

聊天的时候，客厅里闯进来一只黑色小狗，大概也就是两个月大的样子，是黄先生女儿在小区垃圾桶里捡来的，那么漂亮好看的小狗，不晓得为何会被遗弃。黄老在那里说着话，小狗欢快地、认真地、执着地、逐一地去啃客人的拖鞋，偶尔啃掉一只，就抱着拖鞋在地毯上打滚。

整整两个小时，小狗都在和客人的脚玩捉迷藏的游戏，黄永玉的眼光偶尔飘过来，并不评价小狗的这种行为，只是眼神柔软，有怜爱的余光。这不由得让人想到，为何他家里的动物，都性情自在、无忧无虑，那一定是因为，它们在主人那里，得到了足够多的安全感。

黄先生家的院子，被玻璃门挡住了，院子里有七八只相貌相似的大狗在走动，乍一看，这些狗都像是狮子。据他说，这些狗都是他家很早就养的一条狗生的，"一口气生了十只"，语气中颇有对"英雄母亲"的钦佩。

那些狗也特别有意思，动作缓慢，走动时有狮子一样的步伐，但又不是傲慢，带着点看穿世事人情的通透，被人围观的时候，也不觉得不自在，反正就是无视外界环境的变化。

黄先生讲，小黑狗刚被收养到家的时候，家里有只大狗对其宣示主权，狠狠地对它吠了几声。但仅仅是两天之后，这只小狗面对陡峭的楼梯一筹莫展时，那只大狗便上去帮忙，用嘴叼起它，一个台阶一个台阶地送上去，再一个台阶一个台阶地送下来，那种耐心与爱心，令观者动容。

黄先生很 nice，整个下午的交流，围绕着"创作""动物"和"段子"这三个关键词展开。此外，他还送我们他设计的金鸡像章，为我们同行的一个朋友画速写画像。但我惦记的是他家的酒，他设计了一些著名的酒瓶，那些著名酒瓶里装的液体，自然不会差。

晚饭在黄先生家所在社区的一个四川餐馆进行，我们散步过去，拎着两瓶酒。餐桌是黄先生每次宴请客人常坐的那张餐桌，他说林青霞每次来看他也都是在这里吃饭，他还说，今天来看他的几位都是"壮汉"，不停地要求身边人帮这桌"壮汉"加菜，再加菜。

与黄先生握别之后回家的路上，忽然想到一个细节。他十分爱猫，怎么没看到猫在家里？最早一进客厅，那只霸占整张沙发睡觉的动物，仔细回想起来，其实很有可能是一只长得非常像猫的狗……

突然很想问黄先生一个无聊的问题，您家的猫都藏哪儿去了？也突然想到，该问而没有问的问题，实在太多，也实在不知道该怎么问，或者说，问一些问题，得到某个答案，已经不重要了，和这样一位老人，能待这么一段时间，有一句没一句地闲聊着，已经是很好的事情。

黄永玉的猫，和薛定谔的猫一样，也有着不确定性，这真让人莞尔。

后来看电视，"想我的时候，看看天，看看云"，这是黄永玉对董卿说的一句话。他不再以老顽童的口吻来调侃生死了，也仿佛忘记了自己曾"反对"过鲁迅说的那句话，开始有一点点在意，是不是可以被人更长久地记得一段时间。哪怕只是像平常抬头看看天、看看云的心情一样，看完之后不带任何感触，继续低头生活。

在文化人的心目中，天与云，都是亘古的存在，是日常生活中最普通的构成，由于太过宏大，反而不必时刻去关注。将自己的未来设想为天与云的一部分，一方面是承认自己的渺小，另一方面，恐怕也是愿意让人感觉到一份永恒与温情吧。想必，闲时他也会偶尔看看天、看看云。

比起决绝的那个老头，这个终于流露出一点点眷恋的老头更可爱，且更能让人感受到，他走过的那些路，见过的那些人，经历过的那些事，让他的内心变得更加清澈如水，时不时地拥有波纹。

阎连科

与卡夫卡奖的唯一联系是文学

　　阎连科成卡夫卡文学奖的首位华人获得者，获奖作者本人的反应非常平淡，仅仅一句"没什么感想，该干啥还是干啥"，在文学圈内，也没激起想象中那么大的声浪，仿佛阎连科获得这个奖水到渠成、天经地义，也宛若中国作家获得国际文学奖项不再是什么稀罕事——在莫言摘取了诺贝尔文学奖之后。

　　在题目为"上天和生活选定那个感受黑暗的人"的获奖演讲中，阎连科表现出比他在作品中更诚实也更犀利的态度。

　　作家说真话有两种。一种是莫言获得诺贝尔文学奖时的演讲，他说"我是一个讲故事的人"，在他的演讲里，莫言讲述了好几个故事，讲的人讲得直白清楚，听的人自然也很容易听得懂；一种是阎连科获得卡夫卡文学奖的演讲，这位擅长通过寓言方式写作的作家，舍弃了在演讲中做文学化的修饰，他更像是一位批评家，通过对现象的概括，指出时代的病灶。

　　阎连科的演讲中有一个出现频率很高的词"煎熬"。对于一个作家的童年，最大的煎熬莫过于饥饿，饥饿成就了一大批中国作家，不只阎连科，在莫言、路遥、贾平凹等诸多作家笔下，饥饿都是他们写作的重要主题。

受困于一些终生难以抹去的记忆，阎连科创造的人物，身上都有浓重的煎熬感，无论是《风雅颂》里虚伪、软弱的知识分子，还是《丁庄梦》中身患艾滋病的青年农民，抑或《受活》中上百位残疾人……他们都在煎熬中过活，在比黑更黑的世界里消耗着生命。

在引起强烈争议的《风雅颂》中，阎连科刻画了知识分子内心的裂变，《风雅颂》取自两千多年前的《诗经》，用于映衬这本原名为"回家"的小说的"回归"主题，以彼时的浪漫对应当下残酷的现实，以单纯的情感对应恶俗权色交易，以热烈对应冷漠……阎连科对那些"敢作敢为的嫖客和盗贼"进行了深刻的批判，毫不掩饰对曾经美好家园的眷恋。

作为阎连科开机印刷最多的一本小说，《丁庄梦》把视线对准了河南的艾滋病村，这部可以用"饱蘸血泪之笔写成"的小说，把黑暗写到尽头，把绝望写到无边。最好的关怀是揭示真相，用一本小说揭示的真相，比人们用眼睛看到的真相更加触目惊心。后来导演顾长卫把这本小说艰难地改编成了电影《最爱》，公映的电影已经变成一个爱情故事，影像并未能把小说的精髓传递出来。阎连科的作品是"不适合"改编成影视的，因为聚光灯无法穿透小说的厚重。

作为一名小说作家，阎连科本就不多的访谈和评论性质的文字，在社交媒体上得到了超越其他同时代作家的传播。他拥有文学技巧之外的能力，比如，穿透性的目光，克制但无法阻止的情绪表达，深刻的观点……一名优秀的作家当同时是一名同样优秀的评论家，当阎连科离开小说文本时，他仍体现出了一名作家的敏锐、犀利和勇敢，这是当下文学创作群体所缺失的素质。

阎连科回忆起在艾滋病村采访的经历时说道："每当我在现实中看

到刺眼的光芒和亮色，都会成为巨大的让我无法逃离的阴影和黑暗，把我笼罩其中，无处逃遁。"一个无处逃遁同时也是无法逃遁的人，阎连科用他的作品与言论表明，一位作家的良心中应包括"通过揭示黑暗的方式帮助更多人逃离黑暗"。

和许多中国作家乐于承认自己的文学师承来自马尔克斯相比，卡夫卡并没有得到太多中国作家的承认，被认为写作风格追随卡夫卡的作家名单中，也仅有余华、格非、残雪等。但20世纪90年代以来对卡夫卡的推崇，让卡夫卡成为许多研究者心目中影响中国文坛的重要作家之一。可在多数普通读者看来，卡夫卡是那个笔调阴暗怪诞、永远在现实与非现实中间穿梭的奇怪作家。

阎连科的作品与卡夫卡文学奖有着气质上的般配。首先，阎连科是一个在作品内外都强调"荒诞"的写作者，他认为中国现实的荒诞要超过作家的想象力，和卡夫卡对传统的反叛一样，两人是在弹响同一根琴弦。其次，阎连科和卡夫卡一样，都爱用寓言体来表达他们揭示荒诞的勇气。在文字中，阎连科所传递出来的尖锐倾向，读来同样令人心惊肉跳。所以，在中国挑选一位卡夫卡文学奖的获奖人，阎连科是首选。

文学圈认为，阎连科获此奖有意外，也在情理之中。在莫言获奖都被认为有"中奖"之嫌的环境下，中国作家再次摘取一个重要的国际文学奖项，难免有接得橄榄枝的猜测。阎连科小说里的故事是在本土成长起来的，他的作品散发着浓郁的"中国制造"的味道，如果不是对中国有所了解，国外读者会为阎连科小说中的情节与人物感到困惑。

中国作家迟迟不能大范围地走向世界，也一直被认为与找不到"世界性写作"的题材与技巧有关。麦家的谍战小说得到国外出版方的欢迎，是因为谍战小说有题材优势；刘慈欣的《三体》版权能卖给好莱坞，是因为其想象力是国际化的。

而像阎连科这样的本土纯文学作家，能得到国外文学奖项的承认，离不开国外出版商、译者、媒介的合力。

　　据报道，阎连科作品的欧洲语言版权均由专业的出版社代理。更为重要的是，在对外营销和推广阎连科时，他并没有被包装成一个要依赖政治理念而被关注的写作者，强调阎连科作品所蕴含的文学性，并运用市场化手段来对作品进行包装，这或是促使阎连科获奖的关键所在。

　　让国外文学奖项的评委读到中国作家的作品，让国外读者认识中国作家的作品，这是中国文学走向世界的基础，以获奖为唯一目的的文学作品推介，只会让中国作家在海外阅读市场的影响力持续萎缩。

　　"中国作家没有想象力"几乎已成共识，中国作家的想象力需要一次大爆发，失去想象力的中国小说，同时失去了与世界文学黏结的肢体。阎连科解决问题的方法是，用文学语言记录现实，远比想象力更有创造性，他这么做了，也实现了理想的效果，用魔幻也好、荒诞也好等文学手段层层裹起来的现实故事，具备了与"世界性写作"接壤的能力，这值得其他中国作家借鉴。

　　好的作家除了能创作出优质作品，还要有阐述作品的能力，要与译者有沟通与交流。阎连科在各种访谈中所体现出来的胸怀与气度，就是对他作品最好的呼应，唯有写作者与他的观点以及作品内核呈现线性关系时，外界才会对其有更加鲜明而直接的认识。

　　目前国际文学奖项关注的中国作家，还多以五〇后为主、六〇后为辅。七〇后乃至更年轻的作家未来能否进入国外文学奖项的视线，取决于他们的作品是否与社会及时代有根须式的联系，是否能告别小悲伤、小痛苦，在作品厚重度与思想性方面，年轻作家已经被莫言、阎连科们落下好远。

莫言
与诺贝尔文学奖的"理想主义"气质相通

2012 年 10 月 11 日，莫言获得诺贝尔文学奖，评委会表示，"莫言将现实和幻想、历史和社会角度结合在一起"。法新社的报道称，"莫言将他青春的经验和在家乡的经历放置在了作品中"。

对于诺贝尔文学奖，中国人已经许久不曾如此焦虑，在开奖前的几个小时，这种焦虑到达一个顶点，其中关于莫言能不能获奖、该不该获奖的争论，也达到白热化。消息公布，微博上一片祝贺之声，事实占据上风，争论暂时消失。

无论对莫言的作品有没有成见，这个时候祝贺莫言，是为一位中国作家获得如此重要的奖项由衷地感到开心，也是为中国文学多了一个向世界展示、输出的渠道而欣慰。中国当代文学一直缺席世界文坛，现在莫言获奖为中国文学多争取到了一个发声机会，不妨暂且停止争论。

但在狂欢过后，争论会消弭吗？无非两种可能。一种是莫言获奖让批评者开始重新审视莫言所处的时代以及他所创作的作品，对他重新进行评价。另一种则是坚持己见，认为莫言获奖有待商榷。我个人的判断是，后一种可能性更大些，更为激烈的争议很有可能在未来一些天形成。

有争议是好的。没有哪位获诺贝尔文学奖的作家会没争议。作为获奖者，莫言和他的支持者，要平静面对这争议，对一位作家和其作品的不同看法，也是不同社会心理、审美标准的呈现。只要批评不是简单的贬低和攻击，日后沉淀下来，对于观察文学形态是有贡献的。

中国文学已经许久没有掀起一场大的讨论。几年前诗人叶匡政提出"文学已死"，算是传播范围比较广的一次文学生存状态争论了。现在莫言获奖，为讨论文学提供了更多的入口，不但可以从作家、作品入手，更可以延续"文学已死"的话题脉络，来重新考量中国文学的出路。

莫言获得诺贝尔文学奖后，可有以下积极意义。

首先，会让中国作家增添许多自信。随着文学最好年代的过去，中国作家集体坠入了"写什么，怎么写"的创作困境，读者群的大面积流失，纯文学的不景气，以及优秀作家转行影视业，曾经让人仰视的作家，被一再边缘化，文学自卑心理业已形成。莫言获奖，虽不至于一扫笼罩在中国作家头顶的阴霾，却会为中国作家的写作带来光亮和希望，激励国内与莫言同样优秀的作家更专注于良心写作，重新找回文学尊严。

其次，莫言获奖会让中国社会重新发现文学的力量。此消息公布后，不少人不约而同地说出了一句话，"明天开始写小说去"，这不能简单解释为调侃，更多层面上是对文学本身的尊崇，对文学梦想的重拾，对美好年代的缅怀。文学是一种精神，文学也是一种生活方式，当我们的社会、生活缺乏了文学精神的指引与充实时，空虚就会占领人们的内心。现在，只要有契机让文学更好地活跃起来，都不应放弃。

在莫言获奖前，他的著作便已经卖断货。获奖后所引发的奖项效应，会扩散到图书出版、媒体传播这两大领域，这会让那些坚持出版纯文学的出版商感到鼓舞。而近乎狂欢的媒体传播，将会重新构建文学观念，改善作家地位，冲击阅读环境。如果一个诺贝尔文学奖，能让日益下降的国民阅读率有所提升的话，无疑善莫大焉。

莫言在瑞典文学院所做的诺贝尔文学奖获奖演讲，可以用"万言书"来形容了，如果这么长的演讲稿被理论和概念化的东西充满，那么现场的听众以及场外的读者，听了或看了都难免会感到有些乏味，莫言选择用他最擅长的讲故事，完成了这场万众瞩目的演讲。

对于熟悉莫言，尤其是他获奖后通过各种渠道获取了诸多与他有关信息的国内读者来说，莫言的获奖演讲中讲到的许多故事，并不新鲜，母亲、土地、苦难、理解与宽容等，国内读者已通过他的小说、散文、访问等，有了诸多了解。但，在阅读这篇获奖演讲稿之前，要明确一个基本前提：莫言的演讲并不是只针对中国读者，更多是针对国外读者的。

以一名国外读者的视角看，莫言以及他带来的故事是陌生的，这位其貌不扬的中国作家，以及他的写作对象——高密东北乡里的父老乡亲，是世界文学殿堂里的新晋形象，国外读者或许更愿意通过这篇演讲稿，来掌握莫言的写作要领，尽快熟悉他那独特的由想象和现实构造的文学世界。

同样，用一名国外读者的心理去理解，莫言和他的故事也是熟悉的。莫言的演讲中都是通俗易懂的话语，翻译不会让他的演讲主旨、细节、词语暗示等产生变形，由此演讲现场无论中外听众，脸上都会流露出会心的微笑。此外，莫言故事里所包含的人性、爱、真诚、善与恶等，也是世界化的，能引起地球上任一角落的人的内心共鸣。选择用故事来完成自己的演讲，莫言做了一个聪明的选择。

莫言的这篇演讲稿迅速传到国内，在互联网上有了非常高的传阅率，各种各样的解读也随之出现。有些解读是在语言文字范畴内做出的正常理解，而有些解读则跨越故事、文学到达了思想的深度。正常解读也好，过度解读也好，当一篇演讲稿的最后一个字节从演讲者的口中吐出，这篇演讲稿已经不属于他个人。

把故事讲好是一名作家的首要责任，至于一名作家想在他的故事里赋予什么样的寄托，表达什么样的愿望，需要更长一些的时间来验证，也需要无数读者进行各种各样的解读。作为一名诺贝尔文学奖获奖者，莫言完成了他的任务，他为世界范围内的读者，讲了一个说沉重也好、说精彩也好的故事。

2013 年 4 月，莫言与库切在北京进行了一次对话。"两强相遇，必有火花"，那不过是人们的想象，当天两位作家更像是自说自话，莫言侧重于讲述获奖后的心理感受，库切则对诺贝尔文学奖能否坚持为"理想主义者"颁奖提出了自己的怀疑。

如果库切能够顺便谈谈莫言是否为理想主义者，那么这次"对话"会变得更有意思，可惜他没有。在获奖后，莫言前所未有地体现出了自己的避世倾向，包括厌烦出席各种活动，勉强接受他不愿意接受的采访，以及被迫针对围绕他展开的政绩工程发言等。

他一次次表示想要过清净的生活，安静地回到写作之中，这怎么符合一个世俗眼光中理想主义者所应具备的激励特征呢？他更像一个传统主义者，凭借灵敏的触觉和理性的判断，来为自己找到一片不被打扰的安身之所。

不熟读莫言作品，以及不了解莫言身处环境的人，就不能了解被他深深隐藏起来的理想主义者身份。只是，他的理想全部拴系于文学本身，很少延伸于文学之外。文学成就了莫言，莫言获得文学的荣誉，最后仍回归文学，这是条单一但完整的价值观链条，除非作家自己去打破，外界无法将之压碎。

正是因为作家个性差异的存在，才会创作出那么多风格迥异并且都无比精彩的著作。莫言和库切不存在本质上的观点冲突，只要回到文学本身，作家之间的一切矛盾都会遁于无形，文学才是最好的发声体，也是作家最好的武器，谁都不会否认这一点。

那些在莫言获奖之后，要求他肩负起超越一位普通作家的责任的人，才是盲目的理想主义者，指望一位作家改变他所不能改变的事物，这是奢望。莫言已经在他的作品里完成了他的任务，无法要求他太多，他这个名字背后所喻示的巨大沉默，他作品里对土地与生命的热爱和歌颂，难道不是一个认真的理想主义者天然具备的厚重情感？

莫言与诺贝尔文学奖"理想主义"在内里是气质相通的，诺贝尔文学奖评选委员会的选择没错，他完全符合诺贝尔想把文学奖颁给"表现出了理想主义倾向并有最优秀作品的人"这个要求。

冯小刚
与大师冯小刚擦肩而过

　　冯小刚是娱乐圈人士，但私下里为人处世却有文人做派。每有新书出版，遇到了必签名题赠，如同一些作家一样，他喜欢写上"请 ×× 兄指正"这样的字眼，有短信往来，也必以"兄"相称。语言雅气。

　　在媒体上冯小刚是位备受争议的人物，而这些争议往往起源于他的言论，不排除有些言论是有意为之，但大多数情况下，他说的那些登上媒体头条的话，只不过是性情所至、夺口而出。他当春晚导演那一年，在发布会这么个严肃的场合，都没挡住他使用"聋子不怕雷，咱也导一回"这样的口语化表达。或许可这么说，如果没有冯小刚这么爱开炮的人，娱乐圈会寂寞许多。

　　第一次见到冯小刚是十年前。那是一个饭局，我第一个到，没等几分钟，冯小刚第二个到，握手寒暄，没有初次见面的冷场。吃饭屋子里主宾席的椅子有一个细长的挑高背，有点儿夸张，冯小刚叫来服务员把它撤下去了，说看到这玩意儿就忍不住想到《大腕》，众人大笑，知道他说的是什么意思。

　　拍《非常勿扰2》的时候，几位朋友去海南的片场探班，到的第一天晚上，有当地的官员请吃饭，冯小刚没法不出席，说委屈哥儿几个一块儿去吧。那天的饭局有他在场，宾主皆欢，来来往往的人，都假装认识了不少朋友。结束回酒店的路上，冯小刚在车里对助理说，跟服务员说一声，做碗清水面，今晚没吃饱。

在《我把青春献给你》中，冯小刚写过这样的细节，他觉得最美味的，是把剩下的几个菜折在一起，由于放了一段时间，那些葱段儿、姜末儿，都入了味，扒拉一碗白米饭下肚，比任何山珍海味都香。参加过盛大宴席的冯小刚，在路上让助理打电话跟服务员要一碗面吃的这个场景，给我留下深刻印象。

拍电影对于冯小刚来说，已经是个熟练活儿，所以看他拍片是十分舒服的事情。现场没有紧张的气氛，所有人员都各尽其职，一切准备就绪，冯小刚坐在监视器面前，看的时候多，说的时候少，说也只是言简意赅，演员也都了解他的风格，一场戏，拍几次后就过了。冯小刚在拍《唐山大地震》《一九四二》的时候，都在片场落过泪，那是因为感情太投入，可惜没有看到这样的情形。他在拍摄自己擅长的喜剧片的时候，是冷静的、从容的，也有一丝丝的倦怠，这大约是他几次说到想要息影的原因吧。

许多人惧怕冯小刚，觉得他脾气大、不好惹，这恐怕是个误会。因为名声在那里，凡是需要他公开露面的场合，他都得要"起范儿"，用自己的气场，来彰显存在，人们也习惯了这样的冯小刚。记得在拍摄《私人订制》的时候，有一次中午收工午饭，大家领了盒饭各自找地方吃。我推开一间紧闭的门，门里只有冯小刚一个人在硕大的餐桌边独自吃饭，吃的东西也简单，和盒饭大致类似，只不过有一杯专门从北京带过来的二锅头。

片场下的冯小刚有点儿沉默。我在那儿陪着他一起吃午餐。从一点儿小事聊起，冯小刚兴致渐浓，后来又有几个朋友加入，结果那场午饭聊了许多，关于电影的，关于八卦的，关于社会时事的，那是一顿开心的午饭，也就此对他有了更多的了解。真实的冯小刚，其实是有些内向的，偏于安静的，喜欢独处的人。

后来，每每想到他一个人在巨大的房间里吃饭，背影有些寂寥，再联想到媒体上那个不断被连篇累牍报道的冯小刚，都会产生这样一个疑问：我所见到的，以及那个被媒体塑造出来的冯小刚，真的是同一个人吗？

2017 年冯小刚的大动作是，他要拍《芳华》了，相关信息传递出了他对这部影片举重若轻的态度。《芳华》是部文工团题材，对于现在的年轻观众来说，这个故事和他们有点儿遥远。

冯小刚表达过这样的观点，大意是像他这样拥有丰富社会资源的导演，应该拍一些有意义的电影。或是在这种心态的驱使下，他能够不断尝试新题材，他的这种尝试被外界形容为"任性"。

拍《集结号》是对战争片的突破，拍《一九四二》是对苦难题材的突破，拍《私人订制》是对审查尺度的突破，拍《我不是潘金莲》是对时政热点的突破……有些是外界评价的，有些是他自己诠释的。不管怎样，在三大导演的片场竞争中，冯小刚已经弯道超车，领先了陷进商业片泥淖的张艺谋、陈凯歌不止一个身位。

在三大导演中，冯小刚出身最低、起点也不高，但在对电影艺术的追求中，反而是他体现出不一样的执着劲头。他没说过自己想成为电影大师，但在一段时间内，他没有掩饰自己的野心，但残酷的市场和无情的资本要求，也在不断蚕食他的野心。

如何评价冯小刚是一个难题。在一颗赤子之心的主导下，他时常有真性情的表现，也经常有挺身而出的惊人言论，在说真话方面，许多人没有他做得好。但他也有自己的短板，一旦舆论环境带来较大的压力，他的反弹也会出人意料，自卫意识比较强，这和永远低调沉闷的张艺谋形成了强烈反差。

有次看视频，他接受一位知名度颇高的自由知识分子的采访，冯小刚的身体语言和话语情绪，都流露出了排斥信息，那位知识分子不知所措，气场完全被他掩盖，这大约是他想要的效果。

哪怕冯小刚一次次成为争议人物，但在舆论潮水退潮之后，他总是能够用新的电影选题吸引人们的注意，在创作选材和敏感尺度把握方面，他永远是做得最好的那一位。

如果评选"人民导演"，他肯定有很高概率高举榜首，这是因为他对"人民性"有着天才般的理解与掌握。在京味文化热的主要领军人物王朔隐居后，冯小刚以一己之力，力撑京味幽默，与赵本山的二人转文化、周星驰的港式喜剧形成了三足鼎立之势。但到了创作后期，冯小刚对喜剧失去了兴趣，对悲剧史诗的执着创作又遭遇了市场冷遇，这使得他重新回到当初拍《甲方乙方》时的玩票心态。

很有可能，我们已经与大师冯小刚擦肩而过，他有成为大师的实力，但这个时代没有给他足够多的机会和足够大的空间。

姜文
电影的英雄，生活的孩子

1

在北京，经常有人谈到姜文。比如，某位业内资深的媒体人，会在一场私人聚会上，突然很神秘地说，姜文约我去谈电影了，我很有可能去给姜文当编剧。

结果通常是这样：姜文的确约他去谈电影了，也的确发出请他当编剧的邀请，但在谈过几场之后，这个人发现自己的创意在姜文面前再无闪光之处。所以业内有句戏言，"被姜文用过的编剧，都变成了药渣"，由此可见，姜文对于剧本的在意程度，以及博采众长的能力，都超过了不少人的想象。

众多与姜文谈过剧本的人，有一些名字的确被打到了大银幕上，成为署名"编剧"。但姜文的电影，署名"编剧"再多，观众都记不得那些名字。姜文的能力在于，他可以把一部电影，完完全全地贴上他个人的标签，看几个画面，听几句台词，你就能感受到姜文的荷尔蒙味道。

冯小刚佩服的导演不多，姜文是其中一个。早年的时候，冯小刚关在宾馆里写剧本，用座机给姜文打过传呼，第二天早晨补觉的时候，姜文的电话打了进来，特别厌恶睡觉被吵醒的冯小刚，听说是姜文来了电话，立刻起床接听，这个故事，表明冯小刚对姜文多么在意。

"演员要是能再腌一腌就好了"，"小刚，你应该把葡萄酿成酒，不能仅仅满足于做一杯又一杯的鲜榨葡萄汁"，这是姜文送给冯小刚的两句话，冯小刚觉得受益匪浅。而冯小刚对姜文的评价是，"有一天姜文要是觉醒了去拍商业片，我的饭碗就被抢了"。2010 年，姜文真的拍了商业片《让子弹飞》，取得了在当时非常惊人的近七亿票房。

2

四年一部，是姜文导演电影的大致规律。继 2014 年的《一步之遥》后，2018 年的《邪不压正》定档 7 月 13 日。《一步之遥》票房不甚理想，但没人对"姜文"这个品牌产生怀疑，很多人都期待姜文能通过《邪不压正》打个翻身仗，口碑与票房双赢，为国产电影正名，为"好片在票房上打不赢烂片"提供一个案例。

除了影片宣传期，姜文很少接受采访。姜文爱怼记者是出名的，这让记者对他又爱又怕。但不少姜文的朋友都说，其实他是个羞涩、内向的男人，怼人有时候只不过是为了掩饰内心的紧张。这么大牌的导演也会控不了场？确实存在这样的可能，"导演姜文"和"普通人姜文"，的确有很大的不一样。

2018 年 5 月，姜文接受了知识分子许知远的采访，那条采访视频被传播很广，也留下了几个令人印象深刻的画面和几段令人深思的对话。

这恐怕是第一次有著名的公众人物接受采访时，要背对着摄影机。大落地窗的前面，是一个长形条几，许知远与姜文分坐两边，摄影机在他们背后无声转动。

为了照顾摄影，姜文与许知远多数时候都侧身说话，以便画面能捕捉到他们的面部表情，也经常把脸转向前方，看着窗外的风景，留给摄影机一个宽阔的背影。

背对摄影机，让姜文有了安全感。

有了安全感的姜文，迅速找到了自己的话语模式，于是便有了这样的对话。

许知远："危险会给一个时空带来特别大的魅力。你把自己陷入过某种危险的状态吗？"

姜文："我每天都在危险当中。"

许知远："那日常的危险是怎样的？"

姜文："起床。"

许知远在知道自己上当之后已经晚了，姜文成功把许知远带进了他戏谑的、拥有轻度嘲讽意味的思路。但在"戏耍"许知远之后，姜文并没有表现出得意，姜文只是在确认，他仍然在主导着这场谈话的节奏与方向，如同他在片场上所做的那样。

或是出于某种"回报"心理，在接下来的谈话当中，姜文也真诚地坦露了情感的脆弱一面。

许知远问姜文："你这么多年遇到最大的失败是什么？"姜文把话题转向了母亲，"我不知道怎么能让她看见我做的事情高兴，她老有一种不高兴的样子"。

给母亲买房子，她没表现得多高兴，不去住。当年考上中戏，给母亲看录取通知书，母亲却啪地把通知书扔在一边，说"你那衣服还没有洗呢，别给我聊这个"。

五十五岁的姜文，谈到母亲对自己的影响时，已经可以做到控制情感，不感伤，不战栗。可是他在电影里说道："我还是个孩子呀！"

3

　　在姜文电影里，经常出现有关孩子的描述。《阳光灿烂的日子》本身就是一部充满孩子气纯真的电影，里面的独白，更是以孩子的口吻说出，"慢着，我的记忆好像出了毛病，事实和幻觉又搅到了一块儿"，"我悲哀地发现根本就无法还原真实，记忆总是被我的情感改头换面，并随之捉弄我、背叛我，把我搞得头脑混乱，真伪难辨"。

　　在《太阳照常升起》中有一句台词："阿廖沙，别害怕，火车在上面停下了，他一笑天就亮了。"谁是阿廖沙？这个名字出自高尔基的《童年》，在原著中，阿廖沙是个孤儿，在《太阳照常升起》中，姜文饰演的老唐，房祖名饰演的李东方，黄秋生饰演的小梁，都是缺乏父爱的"阿廖沙"。姜文在该片所传递出来的孤儿困境，也容易让人想到他童年所缺乏的母爱。

　　到了《一步之遥》的时候，一些影评人不约而同地关注到，舒淇饰演的完颜英向姜文饰演的马走日求婚的那一幕，马走日在被逼无奈的情况下说了一句："我……还是个孩子啊！"这句台词被赋予了诸多的解读，通常影迷会觉得，这是姜文是对童年情感的不解与追问，也是他拒绝成长的标志性宣言。

　　于是，从情感心理的角度，去分析姜文在制作电影、宣传推广、面对公众时的话语与姿态，便不难理解他的"任性"。"任性"是为了被看到，如同一个孩子拿弹弓打碎了一个玻璃瓶，他期待的是表扬而非批评。一直期待得到更多认同的姜文，回击批评的方式是"更加任性"，他成了电影的"英雄",却一直不改生活的"孩子"本色。这样内外矛盾，甚至内外交困，反而成为导演姜文的魅力之一。

<h1 style="text-align:center">4</h1>

"电影里如鱼得水，不拍电影的时候，回到现实，面对的依然是跟十几岁的时候一样的困境。"同样是在与许知远的对话中，姜文很诚恳地表达了他在当下现实生活里仍未摆脱的麻烦。

他坦白的是自己内心的伤痕，无数中年男人为之唏嘘感叹，是因为姜文的困境，也是无数处在这个年龄段的中年人的困境。可惜不是每个人都有胆量与勇气，说出那些让自己不愉快的原因。

姜文把对生活、对往事无法达成的和解，转化为拍摄电影的能量，他通过虚构的人物在银幕上的奔跑与呐喊，与童年、与青少年时那个不被母亲接纳的孩子进行讲和。这个漫长的过程不会结束，那股野蛮的能量甚至仍然在生长，它塑造了"英雄"姜文，因为它让姜文保持着创作与感受的敏感性，如此，才会有独一无二的姜文。

葛优
不想做巨星

第一次见到葛优是在冯小刚家。

那次好像是冯导某部电影的票房庆功会结束之后，意犹未尽，步行到离饭店不远的冯导家里继续喝酒。庆功会上没碰到面的葛优也来了。和往常一样，他保持着自己的客气本色，一本正经地让座，最后让到了副主陪的位置。观察了一下酒桌上的葛优，他并不愿意当主角，但聊天的时候，话题总是能拐到他那里，并以一阵欢笑声结束。

葛优是说话挺谨慎的人，但不会有人因为这份谨慎而觉得和他有距离，他无论喝没喝酒，喝得多了还是少了，说话慢条斯理，估计都是担心无意间给人带来伤害。他的细腻，需要仔细琢磨才能体会到，体会到了，便会由衷产生一种尊重。

没人见到葛优会觉得陌生，这么多年，他通过大银幕让大家都把他当成了自己熟悉的朋友。在葛优那里，也没有"陌生人"这个说法，他对待第一次见面的人，也随意得像认识多年的人。但仔细观察，还是能发现他有一点点的警惕心。不过，这点警惕心，不是对着别人，而是对着自己，担心自己喝多了点儿酒说错话。

葛大爷什么时候说错过话？这么多年，采访他的记者那么多，没人能从他口中套出一句能当标题的句子。再尖刻的人，见到葛优都会变得宽厚起来。他的眼神能容人，对话的时候会看着你，表情又是那么地诚恳，让人无法不信赖。除了信赖之外，葛优还有一个优点是贴心，据说他接受完记者采访，乘车离开车库，交停车费的时候，顺手把后面记者的停车费也交了。事是小事，但见人心。

　　爱喝酒是葛优的特点。冯小刚讲过葛优的段子，说他喝酒喝到中途爱出去串门，酒店里的每个房间都在觥筹交错，葛优推门而入，面对一桌子诧异的人抚额称："哎哟，对不住，走错了。"酒客哪肯轻易放他走，拉葛大爷坐下，一桌人喝得跟亲哥们儿似的。喝多了酒的葛优对要求合影的观众来者不拒，通常一桌子吃饭的人都走了，他还被服务员拉着手，逐个儿地合影。

　　一次走在黑洞洞的酒店楼梯中，有人在上一个台阶回转身来握手，灯光通明处才见到是葛大爷，葛大爷莞尔一笑，又一本正经地打招呼："记得，认识，喝过。"他这么说的时候，已经有一两年没打过照面了。全北京和他喝过酒的人没有上万也得成千，能被葛大爷记住不容易。但葛大爷的真诚态度，是永远摆在那儿的，就像每次有人和他合影一样，是男的都勾肩搭背，是女的总故作端庄，亲热或疏离，都恰如其分。

　　"厚道"是形容葛优时第一个要用到的词。2009年在接演了烂片《气喘吁吁》之后，葛优专门邀请记者见面，向观众致歉，并保证只此一回，下不为例。和那些拍了烂片又硬着头皮坚持说是好片的演员相比，葛优是厚道的。在评价更喜欢自己主演的哪部电影时，葛优也很厚道，"都喜欢"成了挂在嘴边的口头禅。但他还是不小心流露了真情，说了句"离开冯小刚和别的导演拍电影，感觉就像出轨一样"。

不敢坐飞机，放松情绪的方式是在家打扫卫生、擦鞋子，每当遇到夸奖都连连说"接不住"，很多人都喊他葛大爷，其实他还是那个没长大、很简单的优子。我怀疑他一直有颗拒绝成长的内心，保留着对这个世界本能的拒绝，愿意在自我世界里徜徉。而他这么些年来积累的人气和口碑，也多半来自他邻家大哥般的亲和力。虽然成长经历和周星驰不同，但这两位的共同点是，对名声都保持着警惕，对电影都拥有本能的敬意，对万事都拥有朴素的视角。

有一年夏天，"葛优躺"突然火了，很想问问他对这个热点怎么看，想知道他是怎样一个反应。

记得北京的一家电台，在连续好几年的时间里，总有人模仿葛优的声音做各种各样的广告，模仿得真假难辨，惟妙惟肖。有一次当面问他那些广告是不是他配的音。葛大爷说："怎么可能是？"再问是否会追究模仿者的责任，葛优说，那倒不至于。估计要是别的明星，被人这么模仿着拿出去消费，是没这份豁达的心态的。

"葛优躺"的历史渊源可不短，要追溯到二十多年前，那个时候有一部名叫"我爱我家"的室内情景剧特别火，葛优在里面饰演一个重要角色，其中有一集，葛优疲惫不堪、生无可恋地躺在沙发上。多年后，这个画面被重新发掘了出来，并且被网友赋予了崭新的时代寓意。

说白了，网民既喜欢葛优，又喜欢躺，同时更喜欢"葛优躺"背后的那份悠然、自在、无所顾忌，对应现实生活，能拥有这种状态哪怕是心态的人，实在太少，所以大家才愿意通过"葛优躺"来表达内心的愿望——少一点压力，少一些被裹挟，多一点自我空间，多一些生活情趣，这也算是葛优贡献出来的一种生活方式吧。

在崇尚巨星的时代，葛优一直努力地去生活好，然后才是做好一个演员。巨星的位置就摆在那里，近在咫尺，但任凭各路力量怎么往上推，葛优死活就是不上去，反而有愈加远离的趋势。因此我们失去了一位巨星，却收获了一位接地气的朋友。

他在银幕上说着大家想说的心里话，他用幽默而独特的方式，破解着大家的心灵密码，无形之间，他与观众建立了会心一笑的默契关系。如果顺着走下去的话，未来葛优会像克林特·伊斯特伍德、肖恩·康纳利那样老而弥坚，成为越老越值钱的演员。

而现在的葛大爷，俨然一壶老酒，虽然已经发酵十数年味道已经醇香，但还不足以成为传世珍品，他的杯酒人生正在酣处，未饮尽时不会看到在杯底的答案。

贾樟柯

青春与故乡，让他不孤独

1

《江湖儿女》曾剪了一段预告片，画面中廖凡饰演的斌哥聚集一帮"兄弟姐妹"，把多个瓶子里的白酒倒进了脸盆中，众人用玻璃杯从脸盆中舀酒，然后斌哥环顾一圈，豪气地喊了句："肝胆相照，走一个！"众人回应："走一个！"这样的场景很是吊人胃口。

还是熟悉的配方、熟悉的味道，从 1997 年拍《小武》，到二十一年后拍《江湖儿女》，贾樟柯的镜头没有离开山西，甚至没有离开汾阳，他故事中的主人公，也仍然是他旧时的伙伴、亲戚，以及晃荡在山西那片土地上的人们。

这么些年来，变化的是贾樟柯工作的环境、渐长的年龄、丰富的阅历，不变的是他对青春与故乡的缅怀，对人生与情感独特的体验与审视。在他片中的每一个主人公身上，都可以看到贾樟柯的影子，或许可以这么说，每一部贾樟柯电影，都是由"贾樟柯"本人来主演的。

贾樟柯的第一部电影长片是《小武》。小武是一个贼，一起同为贼的好哥们儿洗手不干了，并依靠贩烟成了当地的企业家。企业家结婚的时候没有通知小武，备感失落的小武做了几把，到小店里把一把碎钞换成了整票，去企业家朋友那里上礼，结果被拒绝了，说小武的钱来得不干净。

郁闷的小武到歌厅认识了一个小姐叫梅梅，小武爱上了梅梅，一次梅梅感冒没有上班，小武找到了出租房，房外是喇叭吵闹的大街，房内小武听着梅梅伤感的歌……

梅梅反复要求小武唱一首歌，小武让梅梅闭上眼睛，然后按下可以发出音乐声响的打火机："嗒叮当叮当嗒叮当……"

梅梅消失了，小武回了一次家，结果与家人不欢而散，回县城后他的手再次伸向了行人的口袋，结果梅梅让他买的那个传呼忽然响了起来……

在派出所，小武看见县电视台正在播放主持人采访行人对惯犯小武被抓获后的感受。警察押送小武走在街道上，顺路办别的事情，顺手将他铐在了电线杆的拉线上，来来往往的行人越聚越多，他们都在好奇地盯着小武……

《小武》的故事流畅、纯熟，且饱含着浓浓的情绪，把过去县城的枯燥乏味与县城人的无望、焦虑，完美地传递了出来。

在《小武》之前，贾樟柯还有一部习作叫"小山回家"。与《小武》相比，《小山回家》在节奏控制上略显稚嫩，影片所表达的愤怒也显得有些突兀。

《小山回家》的故事发生在1994年末，二十多年前的北京站，站前有无数举着"旅馆住宿"牌子招揽旅客的身份不明的人，有四处流窜的票贩子，地铁通道里贴满了小广告，流满污水，充斥着肮脏的气息。

在租住的平房里，小山和几个老乡说着粗俗的话，喝着北京二锅头，亲自上阵出演角色的贾樟柯更是每句话都不缺脏字。后来，小山借来房东的录音机，老乡在狭窄的房间里跳起来了蹩脚的迪斯科。

是的，这就是生存在北京的外地人，他们熟稔地说着"车公庄、西单、崇文门"等北京地名，只有将自己关在房间里的时候，才借助烈酒和脏话的形式表达他们的爱与憎恨，他们的梦想如同蹩脚的舞蹈一样，充满痛苦和破碎感，拙劣得让人想笑又想哭。

贾樟柯说，虽然《小山回家》是他的电影处女作，却奠定了他以后的电影美学方向，这部片子的完成，使他对电影的拍摄、剪接、发行都有了第一次的经验。

在他此后的作品中，都能隐约发现《小山回家》的影子。如《小武》中小武在舞厅里笨拙地跳舞，仿佛《小山回家》里在出租房里跳迪斯科的小山老乡；《任逍遥》中，彬彬在歌厅里边被抽一次耳光问一次"高兴不高兴"，那个近似偏执狂的孩子固执地说了几十个"高兴"，这个镜头很容易令人想起贾樟柯在《小山回家》中出演的角色，在短短几分钟的镜头中，贾导滔滔不绝说了不下一百句脏话。至于《小山回家》中所使用的嘈杂的背景音，更是延续到他以后的每一部作品中。

在"故乡三部曲"（《小武》《站台》《任逍遥》）之后，贾樟柯有段时间着迷于纪录片，从 2007 年到 2011 年，一口气拍摄了四部纪录片（《无用》《二十四城记》《海上传奇》《语路》）。这四部纪录片当中，《二十四城记》在院线公映过。

《二十四城记》镜头所对准的普通人，在退休后的家中，在厂办，在公交车上，在拆除了一半的厂房内……叙述着和他们生命曾经息息相关的 420 工厂，这个造飞机的工厂，曾带给他们荣誉，如今留给他们的，更多的却是伤痛。

　　贾樟柯用厂花来讲述历史，没有什么比这是更好的选择了——她们的衣着，是城市的时尚标志，她们的情感，是城市的娱乐新闻，她们的命运，和工厂的兴旺或衰败密切相关，一个厂花的一生，就是一座工厂的发展史。直到现在，"厂花"仍然是那些在记忆里已呈灰色的时代，为数不多让人眼前一亮的词语。

　　《二十四城记》选择了吕丽萍、陈冲和赵涛分别饰演60年代、80年代和现在的厂花，这三位演员都不是绝顶漂亮的女星，但作为贾樟柯电影中的演员，好像如果她们太漂亮反而说不过去了。这和《二十四城记》的整体氛围也是搭调的，宁静的画面，真实的背景音，回忆的语调……三位女演员的风情融入其中，这风情，蕴含着说不尽的白云苍狗，看了让人伤感。

　　《二十四城记》的每一个镜头，分开来看毫无寓意，镜头语言的直白和朴素，那么直愣愣地扑向眼底，让观众只好去关注镜头中的人，和他（她）成了直接的对谈者。

　　但由这些镜头组合起来的整部电影，却奇异地构成了一种可以令人沉静下来的力量——对过往的追忆带来的感伤，泯然化为嘴角的淡然一笑。

　　从《天注定》开始，贾樟柯"如梦初醒"般，对剧情片又焕发了巨大的热情，拍摄了《天注定》《山河故人》这两部佳作，另外还有一部片名为《在清朝》的故事，一直在筹备当中。

　　在《天注定》中，贾樟柯仿佛要证明自己讲故事的能力。选择四个人物、用四段故事来完成《天注定》，不排除贾樟柯是为了弥补以前他在密集情节创作方面的不足。

　　用四个底层人物的命运，影射近年发生的四桩大事件，反应中国社会的现在进行时，贾樟柯以他擅长的角度和技巧，捧出了《天注定》，也捧出了他一直蓄而未发的野心。

到了《山河故人》，贾樟柯彻底打消了一些人认为他"不会拍故事片"的疑虑。一旦贾樟柯的作品变得外向，更愿意把感情付诸镜头，他还是能够去赢得本不属于他的观众。

如果说《天注定》还有较强的社会属性和纪录片特质的话，那么到《山河故人》的时候，贾樟柯已经可以走出纪录片惯性，来拍一部正儿八经的商业故事片了。

《山河故人》共有三段故事。让这部电影立意顿生、格局开阔、情感深沉的，是第三段故事，这是贾樟柯从未尝试过的表现方式。

比较可爱的是，老贾在这段故事里，刻意突出了未来感十足的通信与安保器材。故事背景转移到澳大利亚漫天遍野的草地和漫长的海岸线，也让影片的男主角张晋生，活得像个古怪的"外星人"。

如果了解从 2010 年到 2015 年间，整个中国移民海外的人数以及他们携带的财富数字，就会明白《山河故人》为什么要塑造张晋生这个角色。一个梁子，一个张晋生，他们明明就是代表了"橄榄型社会"两端的人。

从 1999 年到 2014 年，再到 2025 年，贾樟柯先是水深火热，再是情感外露，又以深刻冷峻的视线回望剖析，他带领观众完成了一次三级跳，落脚点分别是过去、现在和未来。

《江湖儿女》可以视为贾樟柯对《天注定》与《山河故人》创作风格的延续与升华，他的这部最新电影，为他带来的奖项与荣誉实在太多，在海外数家媒体评选的年度电影十佳中，都有《江湖儿女》的名字。

但在国内，《江湖儿女》并没有得到更多的认同，在它上映的中秋档，票房被同期五部电影超过。

《江湖儿女》是部不折不扣的中年人电影。从贾樟柯十分看重的、邀请的几位客串演出嘉宾阵容看，无论是徐铮、张译，还是张一白，都是中年人，别管在影片中演得有多精彩，他们传递的都是如假包换的中年人趣味。

它当然是一部好电影。在细节上的用心，以及在生活体验上的逼真，使得它能够戳中无数中年人的心扉。如果一名中年观众在他年轻的时候，有过一段浪荡时光的话，更会把《江湖儿女》与贾樟柯引为知己。

《江湖儿女》说的是过去的事，它与当下的种种，都格格不入。每当看到贾樟柯在社交媒体上一口一个"江湖"的时候，都忍不住为他捏一把汗，现在是法治社会，哪还有江湖的容身之地？廖凡饰演的大哥，在双腿残疾的时候还会对往日兄弟大发脾气，一把掀翻兄弟端上来的菜与主食，而在现代人的价值观里，这是绝对难以容忍的事情。

至于爱情，斌哥与巧巧的感情，恰恰是当前社交媒体上被批判最为凶狠的情感模式，许多女观众，都把廖凡饰演的斌哥称呼为"渣男"，为巧巧打抱不平，这些观众，是没法去了解贾樟柯的。

贾樟柯与他的电影是一面镜子，通过这面镜子，影迷可以更加清楚地观察到一代人的过往。

2

贾樟柯的文笔好，在没有他的电影可看的日子，影迷可以通过图书、杂志、报纸、微博、公众号等多个渠道，阅读到他撰写的回忆文章与评论文字。

在这些篇目当中，那些谈及自己青少年时代的故事，分外具有传奇性与悲剧性，文字中涌动的情怀，经常让读者产生共鸣，朋友圈被贾樟柯文章刷屏，几乎隔段时间就会发生一次。

"想起小学忘了是几年级，'四果子'他妈拿个双管猎枪到实验小学找我，要爆了我的头。"在《天注定》获得第六十六届戛纳国际电影节最佳剧本奖后，贾樟柯转发了一条自己写于一年多前的微博。这恐怕是贾樟柯对于童年回忆里最为难忘的一笔。

"四果子他妈"恐怕也不会知道，当年她的这个举动，会成为后来贾樟柯创作一部电影的灵感来源之一。事实上，贾樟柯在长久以来，一直没能走出他的青少年时代。

所谓的青少年成长阴影，某种程度上成就了导演贾樟柯。

贾樟柯在回答记者提问时，曾亲口承认，"我的青春没完没了"。高二时期，贾樟柯与同学成立了一个诗社，叫"沙派"。为什么叫"沙派"？因为当天诗社成立时，外面刮很大的风，到处都是沙。

诗社成立后，还自己排版，出了两部诗集，油印了三百册左右，到处送人。

回忆当年写的第一首诗，贾樟柯依稀记得那首诗叫"就这样"：就这样吧，一只燕子飞回来又飞走了……当时贾樟柯暗恋上篮球队的一个女孩儿，就写了这首诗。贾樟柯记得她个子很高，穿一身蓝色的运动服。

写诗之余，贾樟柯还学过霹雳舞，自己做了一双阴阳舞鞋，黑的那面是贾樟柯自己画的。

贾樟柯有一篇文章，题目叫"我比孙悟空头疼"。在文章中写到1990年时，他高中毕业没有考上大学，不想再读书，想去上班挣钱。贾樟柯那时觉得，自己要是在经济上独立了，不依靠家庭便会有些自由。

对此贾樟柯的父亲非常反对，父亲因为家庭出身不好没上成大学，非常想让贾樟柯去圆他的梦。父亲的期望，被贾樟柯认为是家庭给他最大的不自由。

后来，贾樟柯去了太原市，在山西大学办的一个美术考前班里学习，这是他与父亲相互妥协的结果。最重要的是，他可以离家去太原市享受自由了。

对贾樟柯产生重大冲击的，是有一次他找一个在太原上班的同学玩，到了同学那里，没想到他们整个科室的人下班后都没有走，陪着科长打扑克，科长不走谁也不走。

好不容易散伙，贾樟柯的同学说天天陪科长打扑克都快烦死了。贾樟柯说，他们打他们的，你就说有事离开不就完了吗？他说不能这样，要是老不陪科长玩，科长就会觉得我不是他的人了，那我怎么混？从此，贾樟柯对上班失去了兴趣。

在《我比孙悟空更头疼》这篇文章中，贾樟柯表达了青少年时期种种令他头疼的事。如果不能做自己喜欢的事情，无论到哪里都是在服劳役。

老贾在文章里还讲到，小时候自己常常站在院子里，面对蓝天希望像孙悟空那样逃离身边的一切，但最后终于知道，即便是孙悟空一个筋斗翻十万八千里，也照样逃不出如来佛的掌心，于是他得到了这样一个结论："我悲观，但不孤独，在自由问题上连孙悟空都和我们一样。"

为了给青春留下纪念，贾樟柯把他写以前的故事，集结成了一本书，这本书被他命名为"贾想"。《贾想》充满他的童年记忆，混乱不知所措的青春期，对未来的惆怅，还有那个在他生命里留下深刻印痕的小城市——山西汾阳。

在大学的放映室或讲台上，在国际电影节的颁奖礼上，在和其他著名导演的访谈中，青春的记忆片段随时会涌上他的脑海，并成为他诠释自己电影作品的最好注脚。

这些感言传达的重点不是对电影的理解和认识，而是自然地坦露一代人的精神成长史，或者他们曾经的遐想和疼痛。

《贾想》中有一篇名为"2006年暗影与光明"的文章，在文章里，贾樟柯写下了他在未通知任何人的情况下，潜入曾经生活过的山西大同，推开亮着灯的小酒馆，众朋友正在推杯换盏……

可以猜测，这样的重归友情怀抱与每次贾樟柯将摄像机对准故乡和青春，是有着关联的，或许只有在这熟悉的语言环境和这片熟悉的土地中，他的创作欲望与才能才会被最大限度地激发。

这么多年来，贾樟柯一直在用真诚、努力靠近着那些藏在暗处的人们——他的主要观众群是20世纪70年代生人。这代人都曾有过做孙悟空的遐想，也都有过不知道未来在何处的痛苦。他们习惯在深夜把一部贾樟柯过去的电影作品搜索出来，像少年时进录像厅一样，默默而安静地看着，看完后不发一言。

陈丹青曾评价说，贾樟柯是"和他们不一样的动物"，这里的他们，指的是第五代导演。但作为为整整一代人提供了一个精神出口的导演来说，贾樟柯的背后，的的确确存在着大量和他一样的动物，他的"不孤独"，也源自他知道自己不是被孤立的。

在艺术价值上，贾樟柯为中国电影和世界电影之间搭起了一座桥梁；从社会意义上，贾樟柯更是为后一代人了解他们的哥哥姐姐搭起了一座桥梁。

贾樟柯年近五十，但他一直是用电影记录青春的大男孩儿。在为《江湖儿女》宣传时，他在工作人员的帮助下，用抖音发布了一条打太极拳的短视频，虽然有不少网友调侃他"打贾拳""打得实在一般"，但视频里那个已经发福的贾樟柯，宛若少年。

3

2016 年，贾樟柯回到自己的出生地山西汾阳贾家庄，回到这里，他做了几件大事，包括开了一家名为"山河故人家厨"的餐馆，主打的主食是山西刀拨面，在餐馆里，放置了多尊贾樟柯在国际上获奖的奖杯；兴建了一处"贾樟柯艺术中心"；开设了一间"贾樟柯种子影院"……

一时间，贾家庄成为文青向往的地方，有人开玩笑说，贾樟柯用了不到两年的时间，把贾家庄变成了类似丽江、798 工厂这样的"小资"圣地。

2016 年的时候，刚好有一股"逃离北上广"的热潮，贾樟柯恰好赶上了。在最初的时候，贾樟柯向媒体解释逃离北京的理由时，说北京的空气不好，但随后，他认真地探讨了自己回归故乡的原因：空气不是唯一的理由，因为汾阳的空气也不好，骨子里，他只是希望回到小时候一起长大的老友身边。

这些老友会叫他的小名"赖赖"，"只有在老友前，我才可以也是一个弱者，他们不关心电影，电影跟他们没有关系，他们担心我的生活，我与他们有关"。——贾樟柯这么说的时候，有种想哭的感觉。

2019 年在为央视拍摄的一段视频中，贾樟柯讲述了他在故乡醒来的感觉：在一场无忧无虑的睡眠之后，醒来听到远处大卡车经过的噪声，竟然觉得好听，门前有卖豆腐的人的吆喝声，还有邻居大嫂大声说话的声音……这一切都让他觉得安心。

人到中年，忧愁上身，这大概也是贾樟柯想要回到家乡的重要理由。

在四十七岁那年，一次聚会时，相识多年的老同学依然习惯聚集在酒店房间里打牌，贾樟柯想一个人走走，到院子里骑了同学的摩托车漫无目的地开了起来，不知不觉间穿越了整个县城，进入了一条熟悉的村路，村路的深处，有他曾经朝夕相处的同学。

同学出门了，他在同学父母的陪同下走进同学的房间，看见一本20世纪80年代出版的《今古传奇》杂志，还有一本《书剑恩仇录》。难道这二十几年，日日夜夜，他就是翻看着同一册杂志与小说度过的？

在骑摩托车返程的路上，夜色很黑，贾樟柯想到："在这一片漆黑的夜里，他会不会也和我一样经常忧愁上身？"

贾樟柯回山西，除了在贾家庄频繁有动作外，他还在距离贾家庄几十公里外的平遥办了一个国际电影节。

这个电影节原本打算在他的家乡汾阳办的，在操办的过程中，平遥方面的人找了过来，有现成的大厂房可以改造成电影院，于是，汾阳电影节就变成了平遥电影节。

平遥电影节虽然是第一届，但阵势搞得不小，他请来了威尼斯电影节主席马克·穆勒担任平遥电影节的艺术总监，选取冯小刚导演推迟公映的《芳华》作为开幕影片，整个电影节影片的展映阵容，大师与新人兼顾……平遥电影节可谓"一出生就风华正茂"。

尽管只是第一次举办，平遥电影节已经具备了国际规模。贾樟柯为自己创办的电影节冠以"国际"二字，愿望还是想真正办出国际水平，而不靠"国际"这个噱头吸引关注。谁都知道，比平遥电影节更有品牌效应的，是贾樟柯的名字。

这么多年来，贾樟柯在外"追名逐利"，用家乡的故事换来了名声，但与故乡的关系变得糟糕，他的朋友曾大骂他忘恩负义，答应的事情一拖再拖，他的发小也因为他不接电话、迟迟不回短信而有怨言。

"当你成为名人，你也在慢慢成为'坏人'，因为你满足不了所有人的愿望"——朋友的这种安慰，启发了贾樟柯，他开始想要修复与家乡的关系，比如，去不了朋友父亲的寿宴，他会委托人把礼物带着，只为了"顺着朋友的意，让朋友高兴"。

《山河故人》公映的时候，有评论认为贾樟柯遭遇了中年危机。贾樟柯虽然并没有直面"中年危机"这四个字，却用行动来抵抗每个人都会面临的"中年危机"，只不过，他比一般人更愿意离开繁华，到一个令人心安的地方，寻找生活的真实一面与精神的充实之地。

贾樟柯依然会在包括北京、东京等世界城市工作，但因为把根重新扎在了贾家庄，他完成了一次具有实质意义的"文化还乡"。

在见识了世界的广阔之后，在对城市文明的繁华熟视无睹之后，只有在自己的故乡以及与故乡类似的地方，一位文化人、一名创作者，才能找到灵魂的悸动，才能妥帖地安置游荡不安的心灵。

往大里说，贾樟柯在为小城文化注入国际元素，往小里说，这何尝不是他的一种私念体现——此心安处是吾乡。

愿故乡的风、故乡的云、故乡的酒，可以真正安慰贾樟柯的心，卸掉一名中年人才有的忧愁。

张艺谋

因为沉默而强大

1

与张艺谋有过两次近距离的接触，一次是某类型电影的颁奖活动，一次是青年导演培训营的启动仪式，虽然只是简单打个招呼没有更多交流，但这仍不失为很好的观察张艺谋的机会。

对于我们七〇后这一代的观众来说，张艺谋是一个复杂的文化符号，他身上有着专属过去那个时代的认真与热情，也有着面对新时代的不适与困惑。解读张艺谋，变成了一件有意思的事情。

记得那次青年导演培训营的启动仪式搞得很盛大，舞台宽阔而辉煌，张艺谋作为导师团的主席被邀请上台发言。他显然不太喜欢这种走过场式的活动，简单讲了几句就想走下台，却被主持人幽默地叫住了，"张导，请留步，别跑"，睿智的主持人果然发现了张艺谋的"逃跑"姿态。于是张艺谋停了下来，带着他那标志性的微笑（尴尬而又不失礼貌），为青年导演授旗，和他们握手，折腾了一番被允许下台时，忍不住露出了如释重负的表情。

这是张艺谋的真实瞬间，他担任过北京奥运会的开幕式总导演，在会议室里可以与不同的人连续开十几个小时的会，在片场面庞冷峻让演员不敢接近……但只要是不专注在工作里的张艺谋，就会显露出他的敏感、紧张与一点点的无奈，你会在这样的张艺谋身上，看到一位西北汉子的本色，憨厚、本真，还有一点点的拙朴。

他用自己的创作，塑造出来一名"文化英雄张艺谋"，但脱离作品与聚光灯，以一名普通的社会人身份来面对这个光怪陆离的世界的时候，他内心深处的脆弱，以及某种不安全感，便会不自觉地显露出来。

<h1 style="text-align:center">2</h1>

张艺谋有一个特点，就是从来不正面回应来自外界的批评、误解，甚至谩骂，他几乎成为娱乐圈里唯一对伤害始终保持沉默的公众人物。每每看到张艺谋被动地卷进舆论旋涡的时候，总会出现这样一个张艺谋：乌云在头顶铺天盖地地涌来，而他在黑暗中咬紧牙关，一个字也不说。

2012年，张艺谋与认识了二十多年，合作多部作品的张伟平分道扬镳，在长达数月的报道中，一直都是张伟平在说话。在这场两个男人的战争中，只看得到张伟平在攻城略寨，却看不到张艺谋有任何防守动作。尽管有知情人忍不住对媒体爆料，说张艺谋已经"心寒至极"，但明知道说出真相会立刻赢得同情与支持的张艺谋，还是选择了不说话。"君子绝交，不出恶语"这句古训，在张艺谋身上得到了淋漓尽致的体现。

2016年，张艺谋以无房职工的身份申购广西电影集团一套面积为146.54平方米的单位集资房，引起轩然大波。网友认为在北京与无锡等地有别墅的张艺谋没有资格购买集资房，但据广影集团解释，张艺谋购买的集资房在 2000 年就已交房，公示信息的主要目的是履行办理房产证的程序，是对既成事实的再次认证。

通过张艺谋买房事件，可以发现舆论当中存在一个隐秘的、奇怪的逻辑：名人一定会使用他们的特权，来占取本不属于他们的利益。当发现名人获取的利益属于正当权益时，这个奇怪的逻辑又会产生这样的观点——名人不应该看重利益，或者应该通过放弃利益，来保护自己的名声。这样的逻辑，十多年来一直在张艺谋身上反复上演。

2018 年，张艺谋的《影》尽管也存在批评，但还是凭借极具个性化的水墨画风格赢得了不少观众的喜爱。激烈的批评声音没有出现，评论界开始宽容张艺谋，这或是对张艺谋的一种安慰，抑或表明，张艺谋的"黑暗时期"已经过去。

3

对比一脸阴沉的张艺谋，那么笑的时候露出洁白牙齿的张艺谋，显得更容易令人接近。在《影》公映之前，为了宣传影片，导演张艺谋接受了网红 PAPI 酱的访问。PAPI 酱开玩笑问："什么时候到我们节目客串一下？"张艺谋认真地答："怎么客串？"当 PAPI 酱说出"我就是客气一下"之后，瞬间找到幽默点的张艺谋开心地哈哈大笑起来。许久没见张艺谋在镜头前如此轻松地大笑了。

网上流传一些张艺谋的经典照片。比如，他与莫言、姜文拍《红高粱》时的一张合影里，三个人都光着膀子，笑容坦荡、自然、真实。尤其是张艺谋，那张笑脸可谓"阳光灿烂"。那时候的时光，也许是张艺谋最怀念的日子，声名鹊起，醉心创作，没有外界干扰，对事业与未来都充满希望。很多网友喜欢这张照片，不仅因为这三位"膀儿爷"的笑容具有感染力，还因为他们可以把人带回到那个纯真年代。

回顾张艺谋的创作生涯，会发现他在越轻松的时候，表现得越出色。1988年，《红高粱》在柏林电影节获得金熊奖。领奖的时候，张艺谋是跳上舞台的，他西装革履，笑得岂止是露出八颗牙齿，手捧金熊奖杯时流露出的那份自信，由衷地让人为他感到骄傲。虽然当年《红高粱》也遭到了尖锐的批评，但这部电影的价值没有随着时间的推移而被湮灭。

据报道，张艺谋下一部新片的片名叫"下一秒"，是部带有自传性质的作品，当张艺谋不用受票房压力的左右，回到中小成本文艺片的领域当中，他或许会再次创造奇迹。希望看到一位轻松的张艺谋。唯有轻松，才能真正应对挑战。也唯有卸下诸多没必要的思想包袱，电影人才能彻底投入作品里。张艺谋或许曾经落伍，但他完全有能力再找到自己新的巅峰。

4

张艺谋的"烂片之旅"，有人认为是从《英雄》开始的，《英雄》当年被知识分子群体批评价值观有问题，现在回头看，《英雄》在开始中国大片时代、促进电影工业化等方面，还是有着巨大贡献的。

真正让人失望的，是《三枪拍案惊奇》。很多观众对小沈阳主演张艺谋的电影不满，但在当时，小沈阳不是以个体的身份出现在《三枪》中的，他所代表的是近年来声名鹊起的二人转文化，或者说，他代表的是十多亿观众对春晚的审美趣味。有了小沈阳打头阵，《三枪》等于拥有了十多亿的潜在观众群，这其中有千分之一或者万分之一走进影院，都会让《三枪》赚得盆满钵满。而用小沈阳的滑稽搞笑来消解张艺谋偏于严肃的英雄主义情结，让《三枪》成为张艺谋放弃宏大叙事追求民间立场的转型之作，成为这部电影的愿望。只是事与愿违，《三枪》嬉笑疯闹，怎么没皮没脸怎么来，这根本不是张艺谋擅长的。

《长城》的推出，让张艺谋在创作的失败之路上越走越远。这是一个遍体逻辑漏洞、各种莫名其妙的故事：磁铁对饕餮有神奇功用，士兵四处搜罗磁铁，便可轻松控制饕餮，何苦搭上那么多人命？母兽一死，成千上万的饕餮即化为僵尸，这显然是把饕餮当成了受互联网或者无线信号控制的机器人。演员只是在走过场，缺乏感情投入。影片提炼出来的"信任"主题，在阐述时方法生硬，是对故事含义的一种强行拔高……场面如果能打六十分的话，那么《长城》的故事最高只有三十分。

《归来》是一部总体平淡的电影，但它有几个镜头会瞬间击中观众泪腺，催人落泪，包括冯婉喻在天桥上高呼陆焉识的名字让他快跑别被抓到，生别死离的凄惶感莫过于此。陆焉识弹奏的钢琴，勾起了冯婉喻的回忆，在刺眼温暖的阳光中，两张满是泪痕的脸温情相对，那一瞬让人感怀万千。

但除此之外，影片情节陷入琐碎的、电视剧化的铺陈中，这还和含蓄、克制、留白无关，而是影片缺乏情感张力，只是有着外在的、形式化的煽情，而缺乏内在的、澎湃的情感演进过程。观众会记住那几个令人落泪的片段，却会对细节转瞬即忘，这和影片主题分量不足、格局规划不够开阔、故事内核禁不起推敲有关。

在张艺谋的电影作品里，《归来》肯定不是一流作品，但要比《金陵十三钗》《三枪拍案惊奇》好不少，《归来》起码彰显了张艺谋要回归文艺、注重质量的一种姿态。在商业电影的烂摊子里，张艺谋盘亘太久，在意识上，他仍然对知识分子耿耿于怀。他说要讨得知识分子的欢心很难，说这句话的时候他可能忘了，《归来》就是一部讲述知识分子命运的电影，如果它连知识分子都打动不了，何以让大众对它产生共鸣？

但是，在《归来》公映之后，观众发现张艺谋依然是有能力拍出好电影的，因此也有人呼吁，请多给张艺谋一些时间，让那位拍摄过《红高粱》与《活着》的导演从容归来。

事实也证明，《影》的推出，已经证实了张艺谋的"归来"痕迹，一个险些被打趴下的"文化英雄"，又在尝试着努力站起来，用优秀的作品来捍卫自己的荣誉——这恐怕是一直习惯了沉默的张艺谋最好的回击方式。